살 만한 것 같다가도
아닌 것 같은

살 만한 것 같다가도
아닌 것 같은

오직 나의 행복을 위한
마음 충전 에세이

삼각커피 글·그림

상상출판

완전히 우울하지도,
그렇다고 행복하지도 않은 오늘을
보내는 당신에게 드립니다.

어렸을 때 위인전을 참 좋아했어요. 엄청난 독서광도 아니었고, 다른 책들은 그렇게 좋아하지 않았었는데 심심할 때마다 그림이 넉넉히 들어간 위인전을 펼쳐 보곤 했습니다. 위인전을 좋아했던 이유는 인물의 업적이 아닌 인물이 살아오면서 겪은 에피소드들이 재밌었기 때문이에요.

어린이날을 만든 방정환이 어렸을 때 말총을 뽑기 위해 말에게 몰래 다가갔다가 걷어차인 이야기, 유한양행을 건립한 유일한이 외국에서 숙주나물 통조림을 만들어 판매한 이야기, 조선의 실학자 정약용이 어린 시절 마을 어린이들과 어울리기 위해 목검을 직접 만들어 놀았던 이야기들을 좋아했어요. 심지어 나이팅게일이 군인들을 간호하기 위해 음식을 만들어 준 이야기에서 등장하는 베이컨과 달걀프라이 삽화는 아직도 잊지 못합니다. 위인들의 대단한 업적보다 그들이 살면서 겪는 소소한 이야기들이 기억에 오래 남는 걸 보니 어지간히도 사람 사는 이야기를 좋아하나 봅니다.

하는 일이 족족 잘 안 될 때마다 세상을 이끄는 주인공은 따로 있고 저는 조연 또는 엑스트라 정도밖에 안 되는 사람인 것 같았어요. 이 상황이 누군가에 의해 만들어진 재난 영화라면, 저는 태풍에 휩쓸려 날아가는 엑스트라 57번 정도라고 생각했습니다. 그런데 책을 내고, 글을 쓰면 쓸수록 강하게 느끼고 있어요. 그 누구도 모방하지 못할 제 삶의 '특별함'을요. 각자의 인생이 한 권의 책이라면 인생을 살아가는 수많은 사람 모두 자신의 역사의 주인공입니다. 평범한 삶이라고 부르는 삶마저도 한 명, 한 명 들여다보면 각자의 알록달록한 이야기로 찬란히 빛나고 있을 거예요.

이 책에 그림 그리는 프리랜서이자 자영업자의 삶과 자존심만 세서 못난 모습은 보이고 싶지 않은 성격 탓에 힘겨운 현실을 살아가는 저의 이야기를 솔직하게 풀었습니다. 책에서만큼은 가식을 내려놓고 싶었어요. 원래 술술 잘 풀리는 사람보다 고난 많은 사람의 사연이 더 구구절절한 거 아시죠? 구구절절이 아니라 구질구질할지도 모르겠습니다만, 있는 그대로 썼습니다.

충분히 열심히 사는 것 같은데, 덤덤히 잘 견디고 있는 것 같은
데, 가끔은 너무 지쳐 다 내려놓고 싶은 순간들이 있잖아요. 먼 곳
으로 도망가 버리고 싶을 만큼 힘든 순간도 있지만 그럼에도 살아
갈 위로를 받는 순간들도 있고요.

그런 순간마다 이 책을 꺼내 보면서 공감하고 위로받을 수 있길
희망합니다.

삼각커피 드림

목 차

2장 사람이 제일 어려워

3장 꿈을 꾸는 현실주의자

1장

열심히 살아 봅시다

#01.

통장에 천도 없니?!

이런 말을 들을 때마다
앞으로 나아갈 원동력보다는
지금까지 이런 꼴로 살았는데
내가 잘 될 수 있을까... 하는
불안이 찾아온다.

엄마는 별생각 없이
마음속 말을 쉽게 꺼내고
금방 잊어버리지만

그 말은 내 마음에 박혀
간신히 지키고 있는
마음의 뿌리를 흔든다.

엄마의 폭풍 같은 잔소리가 한바탕 지나갔다. 알고 보니 친척 모임에서 나와 동갑인 사촌의 소식을 듣고 온 것이다. 사업에 성공해서 한 달에 몇천만 원을 벌고, 부모님을 엄청 큰 평수의 집으로 이사시켜 줬단다. 자랑을 몇 시간 동안 듣고 온 엄마는 집에 있는 나를 생각하니 열불이 났나 보다.

할 말이 없었다. 이 나이 먹도록 천만 원도 없는 건 사실이다. 내가 생각해도 지금까지 뭘 했나 싶다. 종일 그림 그린다고 책상 앞에 앉아 있었지만, 이 그림이 당장 돈이 되는 것도 아니었다. 그렇다고 멈추면 영영 그리지 못할 것 같은 불안감에 하루에 6~10시간을 앉아 그림을 그렸다.

프리랜서 일러스트레이터인 나는 2년간의 자영업을 끝으로 벌어 둔 것 하나 없이 다시 돈 없는 백수로 돌아왔다. 한순간 백수가 되어 버린 후 심한 무기력증과 우울감에 빠졌다가 어렵게 다시 일상을 되찾았다. 나조차도 내일의 내 상태를 장담할 수 없어 스스로에게 '충분히 잘하고 있어. 나는 나대로 천천히 가자' 하며 흔들리는 마음을 부여잡고 있었다. 그런데 냉철한 말로 뼈를 때리는 엄마의 한마디가 내 자존감의 뿌리를 흔들었다.

'아무리 노력해도 난 실패자일 뿐이구나. 지금까지도 이 모양이 꼴인데 앞으로 내가 잘될 수 있을까?'

스스로를 아무리 다독여도 나에게 영향을 주는 사람의 말 한마디는 생각보다 강력하다. 상처 주는 말은 하지 말라고 해도 '다 너를 위한 말'로 포장되기 때문에 오히려 내가 버릇없는 딸이 되고 만다. 결국 내 마음을 지키기 위해서는 눈치 빠르게 집 청소를 깔끔하게 해 두고 엄마 눈에 안 띄는 것이 상책이다.

언제까지 집에서 구박받으며 눈치 보면서 살아야 하나 걱정했는데 엄마의 '천만 원 잔소리'가 있은 지 몇 달 후, 나는 좋은 기회로 작은 가게를 마련해 집에서 출퇴근을 하게 되었다. 사람 일은 정말 모르는 거구나. 가시 박힌 잔소리는 당분간 줄어들 듯하다. 천만다행이다.

부동산 스팸 전화

모르는 번호로 전화가 와서 받아 보니

부동산 스팸 전화였다.

투자를 물어보기 전에 투자할 돈이 있는지부터
물어봐야 하지 않을까요... 또르륵...

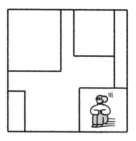

독립을 하고 싶어도
독립할 돈이 없다.

전세 보증금은 왜 이리 비싸고

방은 코딱지만 하면서

꾸깃

꾸깃

월세는 생활비까지 한 달에
얼마가 깨지는 거야...

하... 나 독립할 수 있을까?

부동산에서 무슨 기준으로 내게 전화를 걸었을까? 나한테 투자를 논하다니. 이 사람들은 5분을 낭비했다. 나처럼 돈 없는 사람은 이런 투자 제안을 받으면 혹하는 게 아니라 '지금 내 형편에?'라는 생각이 들어 내용은 귀에 들어오지 않고, 필사적으로 설명하는 상대방이 안쓰러워 도리어 미안해진다.

'하… 이걸 어떻게 빨리 거절하지?'

그럴 땐 솔직하게 '제가 그럴 돈이 없어요' '형편이 안 돼서 사정이 너무 힘들어요'라고 말하면 스팸 전화를 건 누구든 숙연해진다. 저 말이면 웬만한 영업 멘트는 프리패스다.

빨리 독립을 하고 싶어서 주위 사람들에게 독립하고 싶다고 노래를 불렀더니 전국에 소문이 났나 보다. 마음은 굴뚝같은데 보금자리 하나 마련하는 게 왜 이렇게 현실성 없게 느껴질까. 직업이 있지만 지금 당장 입에 풀칠만 하지, 몸 하나 누울 온전한 내 명의의 공간 하나 없다. 부동산 투기니, 투자니 그런 건 모르겠고 주거를 위한, 주거에 의한 부동산이 필요하다. 마음 편히 쉴 나만의 공간이 절실히 필요하다.

소소하지만 모으고 보자

내 집 마련은 먼 꿈같은
일이지만 그래도 1년 전부터
소액으로 청약을 시작했다.

무려 2만 원짜리 청약통장!! 핫핫!

소소하다
소소해

소액이라 당첨에 대한 기대는 크지 않다.
(10만 원씩 넣는 사람도 정말 많으니...)
일단 청약통장을 '가입'하고
'유지'하고 있다는 것에 의미를 두기로 했다.

돈 생기면
더 넣어야지

다른 적금도 새로 시작

티끌도 그냥 없앨 바엔 모으고 보자!
이거라도 희망 삼아 사는 게 죄는 아니좌나! ㅠ.ㅠ

안녕, 나의 게으름 소울메이트

항상 자기 전에 침대에 누워
핸드폰을 보다 보니 손목이 아파서

핸드폰 거치대를 장만했다!

일주일이 지나니

아침

점심

저녁

집순이는 침대순이(?)가 되었고

잠깐 다른 일을 할 때도

핸드폰을 보지 못하니 적적했다.

헐... 나 좀 심각한데?

이렇게 살다가는 걷지도 못하겠다 싶어

핸드폰 거치대를 침대에서 떼어 냈다.

당분간 안녕... 나의 게으름 소울 메이트.

인류는 세월이 흐르면서 점점 진화해 왔다지만 왠지 나는 점점 퇴화하는 것 같다. 내가 만약 무인도에 떨어진다면 어떻게 살지 가끔 상상해 본다. 아마 며칠 못 살고 죽을 것이다. 지금도 내가 모르는 기술로 지어진 건축물 안에서 내가 모르는 원리로 만든 전기를 사용하고 핸드폰으로 쇼핑을 한다. 무인도에 떨어진다면 불 하나 못 피우고 누울 곳 하나 마련하지 못할 거면서 말이다. 똑똑한 사람들 덕분에 편하게 문명의 혜택을 누리며 첨단 과학의 시대를 살고 있지만, 나는 무능한 인간이다.

누구에게도 지지 않을 게으름뱅이인 나는 핸드폰 거치대를 사용하면서 일상이 정말 편해졌다. 가만히 누워 눈앞에서 영상을 볼 수 있으니 손목에 무리 없이 오랜 시간 영상을 볼 수 있게 되었다. 여기에 음성 인식 스피커까지 같이 쓰니 먹고 싸는 것 말고는 움직일 일이 없었다. 원래 손가락 정도는 움직여야 했는데 스피커 덕분에 누워서 입만 뻥긋하면 그만이었다. 뉴스, 날씨, 원하는 노래 재생 등 아주 요긴하게 사용했다. 침대에 온수 매트를 깔고 따뜻한 이불 속에 누워 눈만 뜨면 먹고, 눕고, 먹고,

눕고 하다 보면 하루가 뚝딱 지나갔다. 화장실 갈 때나 주방에 가서 물을 마실 때에도 잠깐의 정적을 참지 못해 영상이 공중에 떠 있으면 좋겠고, 음성 인식 스피커의 연결이 중간에 끊길 때마다 직접 가서 조절해야 한다는 생각에 짜증이 치밀 때쯤에야 상태가 심각하다는 걸 깨달았다.

〈월-E〉라는 SF 애니메이션에서 미래 인간이 등장한다. 심각하게 환경 오염이 된 지구에서 살던 인간들은 로봇에게 청소를 맡기고, 그들이 청소할 동안 우주 유람선을 타고 지구를 떠난다. 우주선에 사는 미래 인간은 비스듬한 의자에 누워 평생을 의자 위에서 내려오지 않은 채 기계가 주는 안락한 서비스를 받으며 700년 동안 대를 이으면서 살아간다. 태어나서 죽을 때까지 한 번도 걸어 본 적 없이 모니터 속 사람들과 소통할 뿐, 옆을 이동하는 사람들의 얼굴도 모르고 서로의 체온을 느끼지 못한다.

내가 13년 전 영화의 미래 인간을 닮아 가고 있다는 생각에 편안한 것들이 두려워지기 시작했다. 온수 매트는 희미하게 온기만 느낄 수 있도록 저온으로 줄이고, 핸드폰 거치대와 음성 인식 스피커는 박스에 넣었다. 여기서 더 편해지면 기본적인 인간의 기능을 잃어버릴 것만 같은 두려움 때문이었다. '편리함을 위한 것'과 '게으름 피우기 좋은 것'은 정말 한 끗 차이였다.

핸드폰 거치대 후기에 '아파서 입원한 동안 정말 잘 사용했다' '인터넷 강의 들을 때 사용하면 최고다'라는 글을 보고 필요한 사람에게는 유용한 아이템이라는 걸 깨달았다. 나는 어떻게 하면 더 게을러질 수 있을까 최선을 다해 궁리하지만, 그걸로 돈을 버는 사람들은 누구보다 최선을 다해 부지런히 살고 있다는 것을 잊지 말자.

슬프지만 당분간은 안녕, 나의 게으름 소울메이트!

05

우리 집 미용실

통장을 보면 심장이 쪼그라들고 덜컥! 겁이 난다.

쓸데없이 머리만
빨리 자라네...

머리 자르는 것 하나에도 겁을 낸다.
요즘 커트비가 이만 원은 기본이고
지나가다 삼만 원 받는 미용실도 봤다.

그래서 내 머리카락은

집에서 다이소 미용 가위로 직접 자른다.

솜씨가 늘어 엄마 머리도 일 년간

내가 잘랐다.

사람들이
딸이 잘랐다고
하니까 믿지를
않더라니까?

싹둑

그런 말은
뭐 하러 해~

싹둑

설에는 미용실에서
모양 한 번 잡고 와.

세상에 돈이 전부가 아니라지만
돈 걱정 좀 안 하고 살아 보고 싶다.

전보단 많이 나아졌지만
불안하고
두근거림이
아예 사라진
'보통의 마음'을
다시 느끼며
살아 보고 싶다.

엄마는 지난해 미용실을 한 번도 가지 않았다. 처음 엄마 머리를 잘라 주었을 때는 엄마도 나도 불안한 마음에 한참을 정성 들여 조심스럽게 잘랐다. 조금만 잘랐을 뿐인데 엄마는 머리가 훨씬 가볍고 돈도 아꼈다며 정말 좋아했다.

그 뒤로 우리 집은 한 달에 한 번, 거실에 작은 미용실을 오픈 한다. 돗자리를 펼쳐 한가운데에 간이 의자만 놓으면 미용실이 완성된다. 선물 세트 보자기를 목에 두르고 참빗과 다이소 미용 가위를 준비하면 영업 시작이다. 몇 번 자르다 보니 엄마와 어울리는 스타일을 찾게 되었다. 둥글고 통통한 얼굴을 커버하기 위해 옆머리는 길게 남겨 두고, 뒤통수의 위쪽이 봉긋해 보이도록 위쪽으로 갈수록 좀 더 짧게 잘라 띄워 준다. 눈대중 미용사가 따로 없다. 그런데 생각보다 이상하지 않다. 내가 봤을 땐 미용실에서 자른 머리와 별반 다르지 않다. 내가 일년 동안 잘라준 엄마의 머리 스타일을 지적한 사람은 단 한 사람도 없었고, 딸이 잘랐다고 하면 다들 깜짝 놀란다고 한다. 미용 일을 했던 아주머니조차도. 그 말에 으쓱해져 자꾸만 가위를 들게 되니 칭찬은 고래도 춤추게 하는 게 맞나 보다.

어디 가서 이 이야기를 하면 한순간에 효녀가 된다. 가끔은 요즘 말하는 '효년' 짓도 종종 한다. 엄마에게 "요즘 누가 아줌마 화장품을 써? 로드 숍에 얼마나 좋은 제품이 많이 나오는데~" 하고 꼬셔 나도 같이 쓸 수 있는 기초 제품을 사게 한다. 그것도 눈치가 보이면 화장품 살 때 샘플을 많이 달라고 해서 내가 대신 쓴다. 구질구질해 보이지만 어렸을 때부터 엄마에게 보고 자란 게 이런 아끼는 습관이다 보니 절약하는 게 자연스러워졌다.

엄마는 웬만한 거리는 걸어 다닌다. 버스를 타더라도 시내버스는 200원이 더 든다며 시내버스가 네 대나 지나가도 마을버스만 악착같이 기다린다. 미용실에서 만 원 쓰는 것도 아까워 딸에게 가위를 맡기는 엄마의 절약 습관이 아직 용돈 한 푼 제대로 주지 못한 내 잘못인 것 같아 죄송하다. 그래서 내가 할 수 있는 건 머리카락을 잘라 달라고 하면 군말 없이 정성을 다해 잘라 드리고, 다리 주물러 달라고 할 때 열심히 주물러 드리고,

영양제를 꼬박꼬박 챙겨 드리는 것뿐이다. 나는 이것을 '몸으로 때우는 효도'라고 정의한다.

　내 머리는 앞머리만 조금씩 자르고 긴 머리는 깔끔하게 묶는다. 화장품은 수분크림과 두피 전용 샴푸를 사는 게 전부다. 요즘은 이렇게까지 아끼면서 살아야 하나 싶은 생각이 들 정도로 절약 마지노선에 도달한 느낌이다. 앞으로 조금씩 나아질 거란 희망은 있지만 지금 당장의 처량함과 불안감, 미래에 대한 막막함이 밀려드는 건 어쩔 수 없는 것 같다.

　어느 고민 상담 프로그램에서 대출을 받아 욜로 생활을 하는 20대에게 서장훈이 한 말이 기억난다.

　"지금 네가 돈이 없어도 젊음을 핑계로 이해를 기대할 수 있을지도 몰라. 그런데 네가 50대가 되어서도 지금처럼 대출을 받으며 사치스러운 생활을 이어 간다면 결국 주변에는 아무도 없을 거야. 모두가 널 피할지도 몰라. 난 15년 동안 농구를 하며 열심히 돈을 모았어. 내가 가장 행복한 게 뭔지 알아? 남한테 아쉬운 소리 안 해도 된다는 것. 그게 얼마나 다행이고 감사한 줄 몰라."

틀린 말 하나 없다. 지금 안 힘들면 앞으로 더 힘들 것이다. 앞으로 살아갈 시간이 더 많은 '아직은 젊음'에 감사하다. 열심히 살 수 있는 시간이 충분하기에 오늘도 힘을 내 본다. 큰 기술이 없어도 그저 저축만 하며 악착같이 살아온 부모님의 방식 덕분에 감사하게도 학자금 대출 없이 대학을 졸업했고, 이렇게 부모님 집에 빌붙어 살 수도 있다. 작은 거 하나하나 지나치게 아끼며 산다고 생각했던 부모님의 노후가 나보다 더 탄탄하다. 그러니 지금의 나를 초라해하지 말자. 이 고비를 열심히 넘기고 나중에는 여유롭게 "엄마~ 오랜만에 내가 머리카락 잘라 줄까?" 하며 지금을 추억하고 싶다.

06

몰아 보는 넷플릭스

이번 달 ... 드디어...

넷플릭스를
다시 시작했다!

유후~!

4개월 만에
재입장!!

Netflix 시청 계획표

1	2	3	4	5	6	7	8	9	10	11	12월

시청(4개월) ──→ 해지(3개월) ──→ 시청(4개월)

해지(4개월) ──→ 시청(3개월) ──→ 해지(4개월)

넷플릭스 요금을 아끼고
습관적 영상 시청을 막기 위해
4, 3, 4개월로 나눠 텀을 두고 보고 있다.

신난다~

신작 풍년이로구나~ ♪♬

기다리던 바로 그 달! 넷플릭스에 다시 들어오니
그동안 새로 나온 영상이 잔뜩 있다.

고마워요, 넷플릭스!

날이 갈수록 돈 쓸 일이 넘쳐 나니,
언제든 탈퇴와 재가입이 가능한
넷플릭스 방침이 참 유용하고
고맙기까지 하다. 흥흥

요즘은 필요하면 막 쓰기보다
계획하에 지출을 분배하고 절약하는 소비와

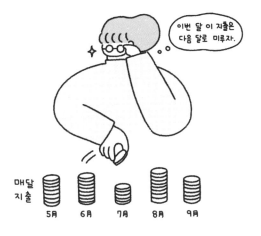

이번 달 이 지출은
다음 달로 미루자.

매달
지출

5月   6月   7月   8月   9月

으 참다

이때다!
지금 질럿!!

소비할 일이 생기면
조금 참고, 인내하는 버릇을 들이고 있다.

• 음식 직접 만들어 먹기, 오전에 반만 먹기
• 물건 쿠폰, 할인율 체크하고 세일할 때 사기
• 옷 있는 옷 최대한 활용하기, 살 거면 무난한
　　기본 아이템 사기

갈증이 심할 때
시원한 맥주를 벌컥벌컥
들이켜는 기분이랄까?

참다 얻는 득템은
기쁨과 희열이 배가 된다.

몇 년 전만 해도 옷장 문을 열면 평상시에 입을 옷이 없었다. 보통 사람들은 특별한 날 차려입을 옷이 없어서 옷장을 뒤지며 불평하지만 나는 반대였다. 옷장 문만 살짝 열어도 옷이 쏟아져 나왔다. 계절별 원피스만 해도 30벌이 넘었고, 옷장에 둘 자리가 없어 박스에 담아 가득 쌓아 놨다. 이렇게나 옷이 많은데 신기하게 어느 것 하나 평범한 옷이 없었다. 죄다 특이한 프린팅이 있거나, 색이 알록달록하거나, 접혀 있을 땐 평범해 보이는 옷도 입으려고 펼쳐 보면 이상한 위치에 트임이 있었다.

옷만큼은 입고 싶은 대로 원 없이 입었으니 지난 날들에 후회는 없다. 문제는 특이한 옷은 한 번 입으면 다시 입기 애매하다는 것이었다. 튀는 옷이라 한 번만 입어도 특이하다는 소리를 들으니 두세 번 연속으로 입으면 그 옷만 계속 입는 사람처럼 보여서 나조차도 금방 질려 버렸다. 어떤 옷은 모양만 보고 싸게 산 옷이라 몇 번 입으면 늘어나거나 헤져서 낡은 옷처럼 보이는데, 특이한 옷이라 집에서 입기도 애매했다. 근사하고 화려한 곳을 가거나 누군가와 데이트할 때 분위기 내기 좋은 옷은 가득하지만, 당장 집 앞을 산책할 때 입을 만한 편한 바지 한 장과 땀 흡수가 되는 기능성 티셔츠는 한 장도 없었다.

　그런 내가 최근에 미래 지향적인 생활을 시작하면서 소비 습관이 달라지고 있다. 자영업으로 들어오는 주기적인 수입은 적고, 그림으로 들어오는 수입은 불규칙하다. 상대적으로 물가는 오르고 고정 지출은 늘었기 때문에 전처럼 지금 내가 하고 싶은 것, 먹고 싶은 것, 입고 싶은 것을 계획 없이 소비하면 무조건 적자를 본다. 통장은 언제고 어떻게든 채워질 것이라고 생각하며 살다가는 잔액 부족으로 카드가 긁히지 않아 직원의 눈치를 보며 가게를 나가는 민망한 순간이 찾아올 것이다.

　옷장을 열어 비싼 옷 몇 개만 남겨 두고 나머지 옷은 모두 정리했다. 요즘은 무난한 색과 기본 디자인의 옷 몇 개만 구입해 다양하게 코디해서 입는다. 몇 번 입으면 금방 헤지는 소재보다는 보온 및 땀 흡수가 잘되는 소재를 골라 실용성도 따진다. 옷뿐만 아니라 다른 소비 기준도 달라졌다. 달에 꼭 나가는 지출

액을 계산해 보고 기준을 초과하면 당장 사지 않아도 생활이 가능한 것들은 다음 달로 미루고 조금 참는다. 다음 달이 되면 과거에는 꼭 사야 할 것 같던 것도 충동적인 마음일 때가 많아서 구매 욕구가 사라진다. 입이 당겨 생각나는 음식은 직접 만들어 먹거나 먹는 횟수를 줄이고, 정말 먹고 싶으면 할인을 받아 주문한다. 쇼핑은 한 사이트에서만 주문해 적립금을 모아 활용하고, 간단한 물품은 지역화폐를 써 캐시백을 받는다.

처음에 넷플릭스를 가입할 때는 '한 달에 만 원쯤이야 뭐'라고 생각했다. 돈을 냈으니 뭐라도 봐야 한다는 생각에 흥미도 없으면서 자꾸 목록을 뒤적거렸다. 결국 무슨 영상이든 항상 옆에 틀어 두고 작업을 하고, 당장 해야 하는 중요한 일에는 온전히 집중하지 못해 주의가 산만해졌다. 시리즈물에 빠지면 완결까지 밤새 보게 되니 잠자는 시간을 뺏기고 생활 리듬이 흐트러졌다. 소비가 주는 즐거움도 좋지만, 즐거움에도 절제가 필요하다. 야식도 매일 먹으면 처음에는 맛있다가도 시간이 갈수록 무슨 맛인지 모르겠고 하루가 지나도 계속 더부룩하다. 맛있어서 먹는 건지 습관이 돼서 먹는 건지 모를 땐 먹지 않는 게 맞다. 꾹 참다가 가끔 먹으면 오히려 더 맛있게 먹을 수 있다. 뭐든 적당히 참고 인내 끝에 얻게 되면 더 값지고 귀한 것이 된다.

넷플릭스를 다시 결제한 오늘. 오랜만에 입장한 넷플릭스는 여전히 나를 반갑게 맞이해 주었고, 그동안 들어온 신작들도 가득 쌓여 있다. 오늘은 할 일을 일찍 끝마치고 맥주 한 캔과 과자 한 봉지를 준비해 전부터 보고 싶었던 신작 영화를 볼 계획이다. 벌써부터 설레고 신이 난다.

07

딱딱딱

고심하여 눈으로만 보고 산 옷이

내 몸에 딱 어울릴 때.

지하철을 타러 내려가자마자

딱 맞춰 지하철이 들어올 때.

글을 쓰려고 컴퓨터 앞에 앉았는데

집중력 100% 발휘!!

(딴짓 × 망설임 ×)

막힘없이 원고가 술술 써질 때.

그럴 때마다 나는 이상하게 세상에 자신감이 생긴다.

무언가 잘될 것만 같은 기분 좋은 예감이 든다.

자주는 아니지만 내가 원하는 대로 타이밍 좋게 일이 딱딱 잘 풀릴 때가 있다. 맛집에 줄을 섰는데 나까지만 식사가 가능할 때, 지하철이 바로 와서 기다리지 않고 바로 탈 때, 만석이라 서 있는데 내 앞 사람이 내릴 때. 사소한 일일 수 있지만 이런 순간 들이 모이면 이상하게 세상에 자신감이 생긴다. 눈에 보이지 않은 무언가가 잠깐 내 편을 들어준 것만 같다.

　지금 내 인생이 원하는 대로 딱딱 진행되지 않고 휴지가 풀리 듯 술술 잘 풀리는 것 같지는 않지만, 무언가 잘될 것만 같은 기분 좋은 예감이 든다. 똑같은 하루인데도 기분이 다르다. 내 기분이 좋으니 나를 대하는 주변 사람들의 태도가 왠지 부드럽게 느껴진다. 딱딱 잘 풀리는 잔잔한 일상의 순간들이 결국 나의 자신감이 될 원석처럼 귀하게 느껴진다. 이 순간들을 소중히 여기고 간직하고 싶다. 나쁜 느낌은 훌훌 잊어버리고 기분 좋은 느낌만 마음속에 꼭꼭 저장하자.

08

혼자라서 좋을 때가 있다고요

목욕을 하고 속옷을 입으려다

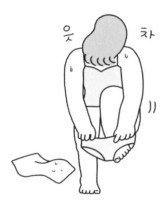

어이쿠!

침대로 꽈당!

휘익

아랫도리가
시원하구만...

우스꽝스럽게 넘어졌을 때.

재채기를 했는데

만화 같은 콧물이 나왔을 때.

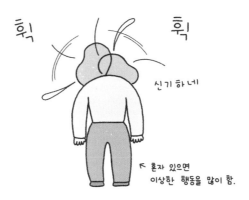

훅

훅

신기하네

↖ 혼자 있으면
이상한 행동을 많이 함.

이럴 땐 혼자라 참 다행이다.

둘도 좋고 여럿이 함께인 것도 좋지만, 혼자도 좋다. 어쩔 땐 누구와 가까이 지내며 원수처럼 살 바에는 오히려 혼자가 나은 것 같기도 하다. 혼자면 다른 사람의 시선 때문에 신경 썼던 온갖 깔끔 떨기와 과도한 치장에서 벗어날 수 있다. 혼자면 옷에 무언가를 흘렸을 때 부랴부랴 화장실에서 처리하고 나와 식은 음식을 서둘러 먹지 않아도 된다. 밥을 먹고 난 뒤에 입 안을 살피고, 립스틱을 고쳐 바르고, 기름기가 올라온 얼굴에 화장품을 두들기지 않아도 된다.

먹고 싶은 메뉴도 마음대로 먹을 수 있다. 혼자 있으면 매운 것을 못 먹는 사람의 눈치를 안 보고 매운 음식을 마음껏 먹을 수 있어 행복하다. 술을 못 마시는 사람과 만날 때면 맛있는 안주가 될 음식을 눈 앞에 두고도 식사로만 배를 채워 아쉽고, 나보다 주량이 센 사람과 만날 때는 나도 모르게 주량보다 많이 마셔 숙취 때문에 항상 힘들다. 그런데 혼자면 내가 마시고 싶은 도수 약한 맥주를 반주 삼아 마시고 싶은 시간까지 천천히 주량에 맞춰 즐길 수 있다. 혹시나 트림이 나올까 봐 벌컥벌컥 마시지 못한 탄산음료도 시원하게 들이켠 후 우렁찬 트림을 해도 되고, 방귀가 나오면 눈치 보며 참을 것 없이 빵빵 뀌어도 아무도 뭐라 할 사람이 없다.

　영화를 볼 때도 정말 편하다. 나는 조금만 무섭거나 잔인한 장면이 나와도 못 보기 때문에 상대와 어떤 영화를 볼지 결정하기가 참 힘들었다. 하지만 집에서 혼자 영화를 보면 무서운 장면은 소리를 아예 끌 수 있고, 잔인한 장면이 나오면 바로 넘길 수 있다. 상대방을 위해 억지로 그 순간을 참고 귀를 막지 않아도 된다. 그보다 더 좋은 건 영화를 보다 야한 장면이 나올 때다. 혼자면 같이 보는 사람과 순간 서로 민망해하지 않아도 되고, 집에서도 혹시나 누가 들을까 소리를 줄이지 않고 큰소리로 당당하게 볼 수 있으니 영화를 볼 맛이 난다. 방구석에서 꿀렁꿀렁 이상한 춤을 추고, 라디오 디제이에 빙의해 노래를 바꿔 틀면서 디제잉 놀이를 하고, 책을 다양한 톤으로 연기하며 읽어도 뭐라고 할 사람이 없다. 내가 하고 싶었던 별난 행동들을 다 하면 얼마나 속이 시원한지 모른다. 밖에서는 사람들의 시선에 코 하나 푸는 것도, 겨드랑이가 간지러워 긁는 것도 눈치가 보이는데 말이다.

　코로나19로 인한 사회적 거리 두기 때문에 모이지 못하고 나가지도 못하니 사람들이 답답해하고, 모임과 약속을 다 취소해서 외로워한다. 나는 원래 약속도, 모임도, 나가는 일도 별로 없었기 때문에 지출은 줄고, 인간관계에는 큰 변화가 없다. 본의 아니게 거리 두기 수칙을 잘 지키는 준법정신이 투철한 사람이된 것도 그동안 혼자 잘 즐기고 있었기 때문이 아닐까?

혼자의 삶을 인생의 기본값(0)으로 만들어 두면, 둘이 되어 플러스 혹은 마이너스가 되었다가 다시 혼자로 돌아와도 전혀 두렵지 않다. 둘 또는 다수에서 버림받을 걱정에 끌려다니기만 하는 관계의 을이 되지 않기 때문에 새로운 관계에서 나를 잃지 않을 수 있다. 언제든 나다운 나로 다시 돌아갈 수 있다는 힘과 믿음이 있다. 혼자가 두렵다는 이유로 무리에서, 연인에게서 벗어나지 못하는 사람이 있다면 두려워 말고 언제든 혼자의 세상으로 넘어오시라. 혼자만의 시간도 충분히 재밌고 행복하다.

큰소리로 방귀를 편하게 뀔 수 있는 건,
혼자라서 누릴 수 있는 온전한 행복이라구 !

#09.

생존형 작가주의

그동안 별별 고생을 하다 유명 작가가 되어 돈도 많이 벌고
마음 맞는 사람들과 행복하고 건강하게 살았습니다.

-END-

··· 라는 근황이 내 근황이면 얼마나 좋을까? ⊙⊙

새로운 그림을 다시 그릴 즈음 다시 자영업을 시작했고,

휴일에 과외가 들어오면 과외도 했다.

최근엔 일 + 과외로

세 달 넘게 하루도 쉬지 않았다.

- 전기, 수도세
- 핸드폰, 인터넷비
- 포토샵 결제
찔끔   - 보험료, 적금
            - 차비
+ 쥐꼬리 입금   - 재료값   파 바 박!
            - 생활비
            - 월세

그런데 매달 통장은 순식간에

출금 내역으로 도배가 되고

나도 하루는 쉬고 싶다...

쉬지 못해 육체가 지치니
정신도 녹아내린다.

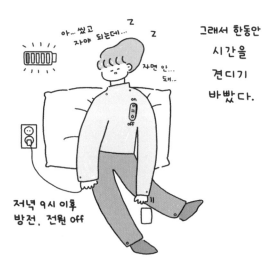

그래서 한동안
시간을
견디기
바빴다.

걱정 마 엄마

잘되겠지!

젠장, 이번 달도 적자네... 미치겠다.

기간 이후로 환불 안 된다고 미리 말씀 드렸...

내 입장은 전혀 생각 안 하면서 왜 나한테는 배려를 바라는 걸까?

... 네... 해드릴게요.

왜 사는 게 더 나아지지 않고
바쁘기만 하고 버는 건 없을까?

늦게 집에 와
몰래 맥주를 마신다.
제일 싼 것으로.

나는 꿈과 현실의 경계에
서성이는 작가이자
자영업자.
내 모습은 해피엔딩보단
낭만이라곤 없는 극사실주의.
극적임 없이 흘러 마무리되는
어느 허무한 프랑스 영화.

SNS에서 본 일러스트 작가님들의 일상은 참 낭만적이고 분위기 있다. 깔끔하고 예쁜 공간에서 차를 마시고 건강한 음식을 먹고 시간을 자유롭게 활용해 그림을 그리는 우아한 작가님이 많다. 그런데 이상하다. 나도 작가인데, 나도 그림을 그리고 글을 쓰는데, 나는 왜 이렇게 사는 게 우중충할까?

몇 번의 퇴사 끝에 백수 상태로 일러스트를 그렸고 그걸 인터넷에 올리기 시작하며 이름을 알리는가 싶었다. 여기저기 갤러리에서 전시도 몇 번, 포털사이트에 소개도 여러 번, 큰 회사랑 계약도 몇 번 했다. 그렇게 해서 번 돈은 별거 없었지만 그동안 모았던 돈도 약간 있었고, 당시에는 20대라 부모님의 품에서 꾸준히 활동하면 유명 작가가 되어 우아하고 안정적인 작가 생활을 할 수 있을 거라 생각했다.

그런데 작가를 하려니 돈이 들었다. 제안받은 전시는 작가가 전시 비용을 내야 했고, 페어나 행사도 참가비와 물건 제작비로 상당한 돈이 들었다. 들어오는 그림 문의는 내가 원하는 것보다 단가가 한참 낮았을 뿐만 아니라 시간이 지날수록 문의는 점점 줄어들었다. 그 뒤로 들어오는 그림 의뢰는 급하게, 싸게, 많이

그래야 하는 작업들이었다. 포털사이트에 아무리 소개가 되고 언급이 되어도 직접적인 큰 수익으로 이어지지 않았다. 요즘 트렌드에 뒤처지지 않으려면 새로운 미술도구, 기계, 참가비, 굿즈 제작 비용, 수업료 등 구멍 뚫린 항아리에 물을 붓듯 돈을 써야 했다.

평일 오후 여기저기 예쁜 장소에서 그림 그리는 사진을 찍고, 포털 메인에 소개된 그림을 알리며 잘 나가는 척 포장했다. 그래야 일이 들어올 것 같았다. 그래야 사람들이 내 그림을 멋지게, 내 삶을 근사하게 생각할 것 같았다. 지금은 이것저것 도전하고 시도하다가 작가 생활만으로는 온전한 생활이 불가능하다는 결론을 내렸다. 우선 생활비를 벌어야 그림을 그리든, 글을 쓰든 할 테니 생존을 위한 수입 활동이 필요했다. 책을 내는 와중에도 생활비를 벌기 위해 새로운 자영업을 계획했고, 책이 나올 당시에도 과외까지 해서 주 7일을 일했다. 남들이 볼 땐 책을 냈다는 것을 대단하게 생각할 수도 있다. 나도 계약을 할 때만 해도 심장이 터져 나갈 만큼 벅찼고 책이 나올 땐 '내 책'에 희열을 느꼈지만 사실 출판 수익에 관한 내용은 기존 작가들의 이야기로 알고 있었던 터라 수익에 대해서는 큰 기대를 하지 않았다.

그림과 글 작업을 계속 하려면 자영업에 더 충실해야 했다. 지금 내가 할 수 있는 일에 최선을 다해 시간을 썼다. 코로나19 여파와 여러 일정이 겹쳐 반년 동안 친구 한 번 만나지 않았고, 석 달을 하루도 쉬지 않고 일했다. 꿈에도 현실에도 최선을 다

하는데도 재정적으로 여유가 없고 힘이 들었다. 세상 속 나는 항상 짝사랑만 하는 어설픈 사춘기 소녀 같다.

늦은 밤 방구석에서 제일 싼 맥주를 마신다. 나는 꿈과 현실의 경계에서 서성이는 작가이자 자영업자다. 내 모습은 해피엔딩보다는 낭만이라고는 없는 극사실주의이며, 극적인 사건 없이 흘러 엔딩인지 모르게 어느 순간 마무리되는 허무한 프랑스 영화이고, 희극처럼 보이고 싶은 비극 같다. 지금 나에게 가장 중요한 것은 허무한 결말로 끝날 것 같은 이 비극을 어떤 의미를 가진 장편 영화로 마무리 짓느냐일 것이다. 이 막이 끝나면 나 자신과 사람들에게 작품성만큼은 인정받고 싶다. 허무할지라도 막이 끝나고 나면 주인공의 앞날을 떠올려 보게 하는, 비극이어도 사람들 마음에 깊은 울림으로 남는 그런 이야기로 기억되고 싶다.

10

나를 위한 서비스를 시작합니다

10분 후...

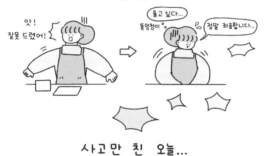

사 고 만 친 오늘...

퇴근하고 집에 오면

나는 나를 위한 서비스를 시작한다.

띠링~! 자동으로 서비스를 시작합니다.

우선 제일 먼저

따뜻한 물에 샤워를 하고

하루 종일 고생한 손에 핸드크림을 듬뿍 바른다.

그런 다음 보들보들한 잠옷을 입고
따뜻한 뱅쇼 한잔!

뱅쇼액 +
레몬 슬라이스 +
뜨거운 물로 대충
만드는 뱅쇼

따뜻

포근

따뜻하게 데워진 이불 속으로 쏙!
새로 올라온 영상들을 보다가

이불을 푹 뒤집어 쓰고 잠을 잔다.

더 나은 내일을 위해.

토닥토닥, 오늘도 고생했어.

완벽하고 깔끔하게는 못하지만 일 년 전부터 방 정리만큼은 꾸준히 하고 있다. 요즘은 출근하기 전 딱 5분 동안 미션을 완수하는 기분으로 정리를 시작한다. 책상에 어질러진 물건을 치우고, 쓰레기를 버리고, 이불을 털어 깨끗하게 펼치고, 베개는 세워 둔다. 벗은 잠옷은 잘 개어 의자에 올려 두고 시간이 되면 청소기로 바닥을 후다닥 밀고 출근한다. 대충만 해 놓고 가도 퇴근하고 깨끗하게 정리된 방에 들어서면 기분이 좋아진다.

방에 들어오마자마 온수 매트의 전원을 켠 후 샤워를 하고 나와 잘 개어진 잠옷으로 갈아입고 따뜻한 이불 속으로 쏙 들어가 핸드폰을 하면 세상 행복하다. 추가로 신경을 더 쓰자면 아침에 온찜질 기계를 퇴근 시간에 맞춰 예약한다. 퇴근 후 녹아 있는 파라핀에 손목 찜질을 하고 스트레스 완화에 좋다는 아로마 향을 관자놀이에 바르고 잠을 잔다. 여기까지가 나를 위한 맞춤 서비스다. 냉장고에도 나를 위해 준비된 것들이 있다. 싸게 샀던 채소가 한 끼 분량씩 손질되어 소분해져 있고, 야식이 당길 때를 대비해 미리 사 둔 요거트가 자리를 지키고 있다. 냉장고를 열 때마다 굉장히 뿌듯하다. 별거 아닌 것 같아도 주말마다, 야식이 먹고 싶을 때마다 미리 준비한 것들이 톡톡히 효과를 보고 있다.

예전에는 내가 하고 싶은 대로 막살아도 미래의 내가 어떻게든 알아서 해내겠지 하며 안일하게 미루기만 했다. 그렇게 미룬 일들을 처리하느라 체력과 정신이 바닥나 후회한 적이 한두 번이 아니었다. 지금은 그때그때 조금 더 움직여서 미래의 내가 질 짐을 덜어 준다. 새로운 일을 하면서 아직도 나 자신이 싫고 한심하게 느껴질 때가 있다. 고친다고 고쳐도 아직도 게으르고 미련하고 영리하게 살지 못하는 것 같다. 다른 사람들은 이익이 많은 방향으로 자신을 발전시키고 어려운 일도 능숙하게 잘 해내는 것 같은데 나는 왜 이 모양 이 꼴일까? 예전에는 이런 생각이 들면 며칠이고 감정에서 헤어나지 못했다. 하지만 지금은 최대한 빨리 이성적인 내가 감정적인 나를 보살피려고 노력한다. 이런 나라도 소중하다 생각하고 포기하지 말아야 또 힘을 내서 내일을 살아갈 수 있다.

유난히 고단한 날에는 퇴근하면 다른 일은 하지 않고 온전히 나를 위한 시간을 갖는다. 오늘 일하면서 다친 속상한 마음과 고단한 몸을 포근포근 몽글몽글 감싸 안으며 더 나아질 내일의 나를 위해 잠을 잔다. 내일을 걱정하지 말고 불안해하지도 말고 더 나은 컨디션을 위해 마음을 비우고 푹 잔다.

내일 더 잘할 수 있어. 오늘도 고생했어. 토닥토닥.

11

아무것도 안 하고 쉴 때 더 우울해

그동안 계속 작업&일을 하다
설 연휴 이틀은 큰맘 먹고 그냥 쉬기로 했다.

그런데 어째 잠도 안 오고
몸 상태도 이상하더니 하필 생리 시작...ㅠㅠ

원래 휴일 계획은

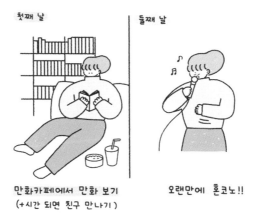

첫째 날

만화카페에서 만화 보기
(+시간 되면 친구 만나기)

둘째 날

오랜만에 혼코노!!

였는데...

만화카페는 무슨...

점심 때 겨우 방에서 나와
엄마가 남겨 둔 떡국을
꾸역꾸역 먹고

따끈
따끈 ₃₃₃

꿍...
지랄맞은
생리통...

몸이 아파 또 잤다.
쭈우욱 —

그 사이 부모님은 친척들을 만나러 가셨고
혼자 일어나니 벌써 오후 4시...

일어나서 할 게 없어 또 넷플릭스.

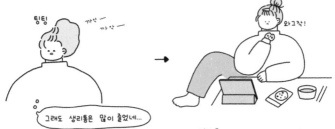

그래도 생리통은 많이 줄었네...

영화를 보면서 컵라면에 쿠키를 먹었다.

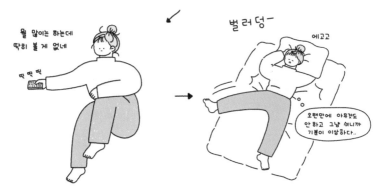

뭘 많이는 하는데
딱히 볼 게 없네

오랜만에 아무것도
안 하고 그냥 쉬니까
기분이 이상하다..

오랜만에 티브이를 돌리며 멍 때리다

또 벌러덩 누워 버렸다.

아무것도 안 하고 하루를 보내니
죄책감과 우울감으로 쉬어도 즐겁지가 않았다.
(먹고 자다 일어났으면 저녁은 좀 더 나중에 먹을걸...ㅠ)

이렇게 하루를 보내도... 괜찮은 걸까?

'아무것도 안 하고 집에 있었다'에도 레벨이 있다. 나에게 집에서 정말 아무것도 안 하고 있었다는 것은 종일 자거나, 종일 누워 틀어져 있는 볼거리를 아무 생각 없이 시청하는 행위다.

　요즘 하는 일의 특성상 하루 종일 쉬는 것 같으면서도 작업은 해야 하고, 일은 없지만 그렇다고 아예 손을 놓고 쉴 수는 없는 휴일 없는 휴일의 연속이었다. 그래서 이번 설 연휴는 자체 휴가를 줬다. 일에 관련된 것은 일절 하지 않겠다 다짐하고 하루에 한 가지씩 소소하게 놀 거리를 정해 놓았다. 첫째 날은 만화카페에 죽치고 앉아 그동안 못 봤던 만화책을 정주행하며 간식을 먹을 계획이었고, 둘째 날은 번화가에 나가 아이쇼핑을 한 후 코인 노래방에 갈 계획이었다. 부를 노래도 3천 원어치 선곡을 해 두었었다.

　그런데 하필이면 휴일 첫날, 생리 시작과 동시에 생리통과 어지러움이 같이 찾아왔다. 계획이고 나발이고 무작정 퍼져 버렸다. 푹 자고 일어나서 먹고 다시 누워 얼렁뚱땅 하루를 보내니 휴일 마지막 날에 허무함과 우울함이 몰려왔다. 이번 휴일을 계기로 어떻게 해야 행복한 집순이가 되는지 정확히 알게 되었다. 나의 '건강한 집순이' 생활은 아무리 집에 있어도 일상생활에 필수적인 일들은 바로바로 하는 것이다. 깨끗이 씻기, 먹은 것 치우기, 머문 자리 정리하기 같은 일들은 바로 해결하고, 누워 있는 시간보다 앉아 있거나 움직이는 생활을 더 많이 해야 한다. 이 규칙을 조금이라도 지켜야 무기력하거나 우울하지 않다.

자신이 집순이, 집돌이라고 생각한다면 어떤 유형인지 잘 생각해 보아야 한다. 집에서 가만히 아무것도 안 하고 있어야 컨디션이 회복되는 사람인지, 집에서 할 수 있는 일거리들을 하면서 효율적으로 시간을 보내야 하는 사람인지를 판단해야 건강한 집순이, 집돌이가 될 수 있다.

미국의 심리학자 줄리안 로터는 '통제 위치'라는 개념에서 자신을 둘러싼 사건을 자기가 통제할 수 있다고 믿는 '내재론자'에 대해 말한다. 줄리안 로터의 말에 따르면 자신의 삶이나 행동,

미래를 스스로 통제한다고 믿을수록 더 행복하고 성공한다. 아무리 내가 가진 시간이라도 그냥 두고 흘려보내는 것보다 스스로 계획하고 통제할수록 그 시간은 온전히 내 것이 되어 행복감이 올라가는 것이다.

내 시간의 주도권은 내가 갖기로 했다. 이번 휴일에는 조금 일찍 일어나 이불과 침대 커버를 털고, 책상과 바닥을 닦았다. 오랜만에 가볍게 옷을 걸치고 노래를 들으며 공원에서 산책을 했다. 언젠가 생활이 또 엉망진창이 된다면, 소소한 것부터 바꿔야겠다. 포기는 하지 말자. 초심으로 돌아가 다시 시작하면 된다. 언제든 다시 시작할 수 있다.

#12.
꿀호떡과 크리스마스 만찬

아침에 김연경 선수의 브이로그에서
호떡을 만드는 걸 보고 급 호떡이 먹고 싶어졌다!

생각만 하다 마트로 장을 보러 갔는데

빵 코너에서 50% 할인하는
꿀호떡을 발견했다!!

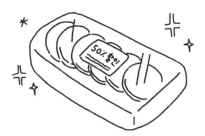

무려 할인가 990원 (6개니까 개당 165원)

(가격에)
√ 홀린 듯 구입.

위이잉—

꿀호떡은 전자레인지에 돌려 먹었다.

(꿀호떡은 프라이팬에 기름을 살짝
두르고 구우는 게 꿀맛인데
귀찮아서 레인지에 돌려 버림)

따끈 달달하구만!

우유

990원에 이렇게 행복할 수 있다니!
막 구운 호떡만큼은 아니지만
꽤 만족스런 간식이었다.
나에게는 이 달달함이 무려
5번이나 더 남았다.

한창 '사토리 세대'라는 말이 일본의 흥미로운 사회 분위기 이슈로 떠돈 적이 있다. 1980년대 후반 이후에 태어난 젊은 사람들이 미래에 대한 희망이 없어 연애, 가정, 직장 등에 체념하며 살고 있고, 기대가 없으니 좌절도 함께 줄어서 오히려 행복감이 늘었다는 글을 봤었다. 당시에는 희망이 없어 행복하다는 말이 현대 사회의 그림자처럼 느껴져 씁쓸했다. 몇 년 뒤 한국 사회에서도 소확행(작지만 확실한 행복)이라는 말이 유행하기 시작했다. 소확행은 지금 내 일상에서 찾을 수 있는 행복, 작지만 확실하게 실현 가능한 행복에 가치를 둔다는 표현인데 예전에 봤던 사토리 세대가 떠올라 좋은 뉘앙스로만 느껴지지는 않았다. 소확행이 정말로 작은 것에서 행복을 느끼고 싶어서 행복을 찾으려는 건지, 아니면 원대한 목표를 이룰 가능성이 없어져 차선으로 택하는 대리 행복인 건지 헷갈렸다.

　절약 정신이 투철한 나도 일 년에 한 번 있는 크리스마스에는 기분 좀 내고 싶었다. 큰맘 먹고 친구와 크리스마스에 지금껏 한 번도 가 보지 못한 호텔 뷔페를 가기로 했다. 지금까지 갔던 비싼 뷔페라고는 '애슐리 퀸즈'가 내 인생 제일 고급진 식사인데 5성급 호텔 뷔페, 특히 크리스마스 당일의 식사 가격은 상상을 초월하게 비쌌다. 그래서 친구와 달마다 몇만 원씩 계를 했고, 일 년을 모아 크리스마스 당일 서울 5성급 어느 호텔에 갔다. 약 13만 원 정도의 뷔페였는데 랍스터, 소고기 스테이크, 양고기를 즉석에서 조리해 주었으며 다른 메뉴도 가짓수가 엄청 많아 한 가지씩 다 맛을 보고 싶어도 배가 차서 못 먹는 규모였다.

일 년을 준비하고 기다린 날이니 얼마나 기대를 했는지 모른다. 몇 달 전부터 뷔페 리뷰를 보며 첫 접시부터 마지막 후식까지 어떤 것을 먼저 먹고 몇 개씩 먹겠다는 철저한 계획을 세웠었다. 전날부터 식사량을 조절했고, 아침에는 죽만 먹고 점심은 굶은 채 온갖 치장을 하고 호텔에 갔다. 시간에 맞춰 들어서자마자 직원들이 한 줄로 줄을 서서 들어오는 사람들에게 인사를 하고 벗은 외투를 받아 걸어 주었다. 창가 쪽 테이블은 크리스마스 분위기가 나는 세팅과 함께 제공해 주는 와인이 있었고, 밖으로는 화려한 서울의 야경이 펼쳐져 있었다. 직원들은 하나

같이 매너 있게 친절하면서도 차분했고 모든 서비스가 깔끔하고 전문적이었다.

그렇게 좋은 분위기에서 시작된 식사인데 결국 디저트까지 다 합쳐 다섯 접시밖에 못 먹었다. 주변을 의식해 접시에 음식을 몇 개 담지도 않았었다. 결혼식 뷔페라고 생각하면 적당히 먹은 수준이었지만, 이런 뷔페를 자주 가는 것도 아니고, 언제 또 올지 모르니 적어도 골고루 일곱 접시는 먹을 생각을 하고 갔었는데 말이다.

많이 못 먹은 데는 고급진 분위기와 시간 제한 등등 여러 이유가 있었겠지만, 솔직히 말하면 음식이 상상한 것보다 맛이 없었다. 기대를 너무 많이 해서 그렇게 느꼈는지도 모른다. 분명 모든 재료는 최상급이었다. 맛이 없진 않았는데 내가 상상한 천국의 맛은 아니었다. 랍스터 한 조각, 양고기 두 조각, 스테이크 한 조각을 먹으니 두 접시 정도에 슬슬 배가 차서 '아… 큰일 났다. 벌써부터 배가 차면 안 되는데.' 하며 먹는 동안에 불안과 스

트레스가 밀려와 초초해지기 시작했다. 못 먹어 본 음식을 주로 가져오다 보니 내가 생각한 맛이 아니거나 내가 먹던 것보다 간이 심심하고 밍밍했다. 다섯 접시도 중간에 화장실을 갔다 와서 겨우겨우 밀어 넣듯 먹고 나왔다. 호텔의 화려한 조명을 뒤로하고 아픈 배를 부여잡으며 집으로 돌아온 나는 전쟁에서 진 병사 같았다.

그런데 참 아이러니하게도 특가로 산 6개에 990원인 꿀호떡이 13만 원짜리 크리스마스의 저녁보다 더 맛있었다. 호떡이 먹고 싶었는데 내 마음을 알고 진열해 둔 것처럼 때마침 특가 세일을 하고 있었고, 출출하던 차에 따뜻하고 달달한 꿀호떡과 우유를 한 모금 마시니 몸속이 따뜻해지면서 똑같이 반복되는 일상으로 지친 마음에 반짝 생기가 돌았다.

먹고 싶었던 걸 싸게 사서 행복했고, 990원짜리라 기대를 안 했는데 엄청 맛있어서 행복했다. 이 행복의 이름을 붙이자면 '소확행'이라는 단어가 가장 잘 어울릴지 모르겠지만, 이 행복을

'대체 행복'이라 생각하며 만족하고 싶지는 않다. 내가 놓치고 살았던 행복을 알뜰히 찾아 누린 것이라 생각하고 싶다. 일 년 내내 컵라면과 편의점 도시락으로 한 끼를 때우고, 990원 꿀호떡에 행복을 느끼더라도 언제라도 13만 원짜리 뷔페에 도전할 꿈과 목표는 가지며 살아가고 싶다. 꿀호떡은 꿀호떡만의 행복이 있고, 고급 뷔페는 다양한 음식과 화려한 분위기와 서비스만이 주는 행복이 있는 거니까.

#13.

달려라 자전거!

일을 시작하고 출퇴근용으로 중고 자전거를 샀다.

걷기만 하다 자전거가 생기니 쉬는 날에도
여기저기 많이도 돌아다녔다.

이게 왜 이래?

끽끽

그런데 어느 날부터 점점
자전거가 잘 나가지 않았다.

자전거 가게에 가 보니

자전거의 결함이 한두 개가 아니었다.

신나게
타고 다녔는데

하핫

그동안 순전히
내 다리 힘으로
자전거를
타고 다녔던 것!

그냥... 죽여줘...

끙끙

장비의 결함 따위 힘으로 커버한닷!

+ 추가 그 뒤로

같은 자전거 맞아??

씽 씽

바퀴의 작은 부품을 바꾸고, 기어를 한 단계 조정해 고정시켰더니

완전 다른 자전거가 됐다. (역시 장비빨?!)

자전거에 전혀 관심이 없어서 길가에 잔뜩 세워져 있는 자전거들이 그렇게 비싼 줄 몰랐다. 살까 말까 고민하다가 중고 자전거를 하나 구입했다. 페달을 돌릴 때마다 이상한 소리가 났지만 2만 5천 원이라는 파격적인 가격이었기에 모양이나 기능은 크게 중요하지 않았다. 탈 것이 생기니 걸어 다녔을 땐 한 번도 체감하지 못한 속도감을 느낄 수 있었다. 자전거 앞에 바구니를 달아 무거운 짐도 쉽게 옮길 수 있어 편했다. 그 후로 웬만한 곳은 다 자전거를 타고 다녀서 혹시라도 걸어갈 일이 생기면 세상이 갑자기 느리게 느껴져 답답했다.

중고 자전거는 타면 탈수록 페달을 밟을 때마다 점점 힘이 들고 쉭쉭거리는 소리가 났다. 자전거를 탄 나이 드신 분이 페달을 몇 번 밟지 않았는데도 나를 가뿐히 지나쳤다. 반면에 내 자전거는 허리를 숙이고 몸을 좌우로 흔들어 가며 악착같이 페달을 굴려야 겨우 앞으로 나갔다. 그래도 이 자전거에 불만은 없었다. 싸게 샀으니 이 정도 굴러가는 것에 만족했고, 다른 사람보다 느리더라도 앞으로 가기만 하면 된다고 생각했다. 그러던 어느 날, 자전거가 아예 앞으로 나가지 않았다. 자전거 가게에 가서 살펴보니 결함이 한두 개가 아니었다. 수리 기사님이 이걸 어떻게 타고 다녔다고 물을 정도였다. 계속 바람이 빠지고 있는 바퀴와 불편한 안장 높이, 바퀴를 반 정도 잡은 채 굳어 버린 왼쪽 브레이크, 제일 뻑뻑한 단계로 설정된 못 쓰게 된 기어를 허벅지와 무릎의 힘으로 간신히 끌고 다녔던 것이다.

생각해 보면 지금껏 환경이나 주어진 것들이 부족해도 내 힘으로 한계를 뛰어넘는 것을 은근 즐겼던 것 같다. 초등학생 때는 미술 학원을 한 번도 가지 않았는데도 그림을 잘 그려 친구들이 안 다닌 거 맞냐며 놀라워했다. 그래서 그림 대회에서 상을 받을 때마다 '개천에서 용 났다'라는 속담의 '용'이 된 것마냥 기분이 좋았다. 커서는 '장인은 도구를 탓하지 않는다'는 속담에 빙의해 그림도구를 최저가 중고 제품으로 구매해 사용했다. 돈은 없었지만 작가 활동을 하며 자칭 '금손'이라는 것을 증명하고 싶었는지도 모르겠다.

그런데 걸어 다니기만 하다가 자전거를 타니 차를 가진 사람들이 왜 대중교통보다는 자차를 이용하고 싶어 하는지 이해가 갔다. 느리더라도 걷는 것이 운동도 되고 환경보호도 되니 걸어 다니는 내가 더 멋지고 대단하다고 생각했지만, 자전거를 타 보니 걷는 것보다 훨씬 빠르고 편했다. 이상이 있던 자전거는 몇 가지 부품을 바꾸고 수리하니 지금까지 왜 그렇게 미련하게 탔을까 싶을 정도로 힘을 안 들여도 유리 위를 달리듯 시원시원하게 앞으로 나갔다.

얼마 전에 이런 말을 들었다. "장인은 도구를 안 따질 것 같죠? 장인이 더 따져요." 사람마다 다르겠지만 능력이 있는 사람은 기본 도구로도 기본 이상의 실력을 나타낸다. 하지만 그 이상으로 전문적인 실력을 발휘하려면 실력을 펼칠 장비와 환경이 꽤 중요한 요소가 된다. '돈이 적게 드는 대신 내 몸과 능력으로 때우는 것'과 '돈은 들지만 몸과 정신이 편한 것' 중 이제 어떤 게 맞는 건지 잘 모르겠다. 가만 생각해 보니 요즘 아침마다 무릎이 쑤셨던 이유가 자전거 때문인 것 같다. 이제 몸으로 때울 나이는 지났고, 나는 개천의 용도 장인도 아니다. 장비 업그레이드 맛을 보고 나니 '장비빨'이란 말이 괜히 있는 게 아니라는 것을 깨달았다. 투자할 때는 해야 하고 쓸 때는 써야 하는 건가.

14

벌써 일 년

그리고 새해가 되면 또 첫 장면 반복.
요즘은 일 년 일 년이 정말 훅훅 간다...

"그럼 88올림픽 못 봤겠네? 이것들 핏덩이네, 핏덩이. 세월 정말 빠르다."

새 학년에 올라갈 때마다 선생님이 하신 말씀이었다. 이 말을 들으면 어린 것이, 늦게 태어난 것이 특혜를 받은 것 같아 주인공처럼 느껴져 기분이 좋았다. '어림'과 '젊음'을 무기로 으스댔던 시절이 있었다. 영원히 20대 초반일 것 같았고, 20대 이후의 삶을 제대로 생각해 보지 않았었다. 대학생 때는 20대 후반에 입학한 사람에게 장난으로 '할아버지'라고 놀리곤 했는데 지금 그 나이를 지나고 보니 20대 후반이었던 그 분도 무엇을 시작해도 늦지 않은 젊은 나이였고, 깍듯하게 '선배님' 하며 모시던 사람들도 23, 24살이었던 걸 생각하면 아이들끼리 하는 장난 같아 웃음이 절로 난다.

요즘 젊음, 청춘이라는 타이틀에서 살짝 벗어나 의자에 몸의 반 정도만 걸치고 있는 것처럼 밀려난 기분이 들 때가 있다. 친구들과 만나면 연초마다 "와… 우리 벌써 ○○살이네!" 하며 좌절하고, 새로 등장하거나 인기 있는 연예인은 나보다 한참 어리기 때문에 선망의 대상이 아닌 손주의 재롱을 보는 할머니의 심정으로 본다. 시간은 얼마나 빨리 가는지 새해가 돼서 적응을 좀 하려고 하면 설이고, 봄이 와서 좋다 싶으면 금방 더워진다. 더운 거 견디고 이제 좀 시원해지려나 싶으면 벌써 겨울이 다가오고, 그렇게 한 해가 간다.

　정신은 이제야 몇 년 전의 나이에 적응하기 시작했는데 시간은 정신을 앞서가고 있다. 최대한 젊음의 경계에서 벗어나고 싶지 않아 자꾸만 우울해진다. 그럴 때면 종종 대학생 때 봉사 활동을 했던 요양원에서의 기억을 떠올린다. 요양원이 정확히 어떤 곳인지 모르고 학교 근처에서 봉사할 만한 곳을 찾은 거였다. 요양원이 그렇게 많은 사람이 누워 있는 곳인지 몰랐다. 일어나서 움직이는 어르신은 그나마 양호한 경우였다. 누워 계시는 분들은 욕창이 생기지 않게 요양보호사가 수시로 몸을 돌려주어야 했고, 대소변과 목욕, 식사와 양치까지 챙겨 주어야 했다. 식사, 양치, 산책 등을 도와드리고 쉬는 시간에 조용한 복도

의자에 멍하니 앉아 있으면 다른 세상에 떨어진 것 같은 기분이 들었다. 한 시간 전만 해도 20대의 활력이 가득한 캠퍼스에 있었는데, 이곳의 시간은 어쩐지 정지해 있는 듯했다. 어르신들은 나와 낱말 맞히기를 하거나, 산책하며 햇볕을 쬐고, 가끔 면회 온 자식들과 식사하는 게 전부였다. 하지만 누워 계시는 분들은 종일 누워 계셨다. 어느 날은 한 어르신이 병실에 안 계셔서 찾아다녔는데, 나중에서야 부재가 임종을 의미한다는 걸 알고 나도 모르게 눈물이 나왔다. 그때 조금 실감을 한 것 같다. 삶과 죽음의 경계는 굉장히 얇으며 죽음은 분명 우리 가까이 존재하고 있음을. 그리고 누구나 나이는 들고 나 또한 죽어 간다는 것을.

식사를 도와드리다 팔에 문신하신 분, 귀를 뚫은 분 등 그들의 젊은 시절의 흔적들을 발견했다. 그분들도 흩날리는 첫눈에 즐거워했던 어린 시절이, 자신의 삶을 찾아 치열하게 살았던 시절이 있었을 것이다. 정작 나는 나의 마지막에 대해서는 어떠한 상상도, 받아들일 준비도 안 하고 있다. 현재의 나는 과거의 미래였고, 내일의 과거가 된다. 최대한 지금을 다져 후회하지 않을 과거를 만들고 다가올 미래를 위해 발전하고 싶다.

"와… 그럼 너희 2002년 월드컵 기억 못 하겠다. 2000년도에도 사람이 태어나는구나. 세상에, 세월 참 빠르다."

어린 시절에 듣던 말을 내가 똑같이 하고 있다. 내가 겪은 시간들이 추억으로 남거나 별거 아닌 듯 사라져 간다. 하지만 이 시간을 아쉬워하고 지나간 젊음을 그리워하기보다 오늘을 충실하게 살 것이다.

나이는 나를 완성시켜 가는 과정일 뿐이야.

15

강한 사람이고 싶다

강한 사람이고 싶다.

힘들고 지쳐도

한계까지 버틸 줄 아는 끈기와

아니라고 생각되는 순간

주물

주물

수제비도
맛있어~

찹

찹

과감히 포기하고 새로 시작할 수 있는
결단력과 용기가 있는 사람이고 싶다.

처음으로 집에서 칼국수 면을 직접 만들었다가 망한 적이 있
다. 어디서 본 건 있어서 눈대중으로 대충 볼에 밀가루를 털어
넣고 물을 조금씩 부어 가며 치댄 다음 냉장고에 조금 숙성시켰
다. 도마에 밀가루를 뿌리고 냉장고에서 꺼낸 반죽을 올려 방망
이로 밀었다. 얇게 펼친 다음 돌돌 말아 썰 때까지만 해도 그럴
싸했는데 면을 떼려고 하니 접힌 반죽끼리 붙어서 잘 떨어지지
않았다. 뭔가 잘못됐다고 생각할 때 멈췄어야 했지만 무슨 자신
감인지 젓가락으로 휘저으면 풀릴 것이라 생각하고 칼국수 면
을 끓는 육수에 집어넣었다.

그렇게 만든 칼국수는 정말 맛이 없었다. 30퍼센트 정도만
면의 모습이었다. 어떤 부분은 덩어리로 엉켜 있었고, 나머지
는 젓가락질에 잘려 나가 부스러기가 되어 국물을 탁하게 만들
었다. 몇 시간 동안 공들인 게 아까워 꾸역꾸역 억지로 한 끼를
해결했다. 그 뒤로 우연히 맛집의 수제 만두피를 만드는 영상
을 봤다. 내가 했던 것과는 비교가 안 되게 훨씬 많은 정성이 들
어갔다. 반죽을 치대고 숙성하고 엄청 오랜 시간을 들여 몇 번

을 펴고 접으면서 반죽을 만들었다. 만두의 '소'도 아니고 만두의 '피' 하나 만드는 것도 그렇게 시간과 정성이 들어가는데, 나는 잠깐 냉장고에 넣었다가 바로 썰었으니 쫄깃하기는커녕 뚝뚝 끊기는 밀가루 반죽일 수밖에 없던 것이다.

냉장고에 넣기 전에 좀 더 시간을 들여 정성스럽게 치댔다면 정상적인 칼국수 면이 되지 않았을까? 반죽이 잘못된 것 같다는 느낌이 들었을 때 시원하게 뭉쳐서 수제비로 만들어 먹었으면 더 괜찮은 음식이 되었을 수도 있다. 나는 지금까지 어떤 일의 '실패 사례'보다는 '성공 사례'에 더 감정 이입하고 받아들여 나도 당연히 할 수 있는 것처럼 장미꽃 미래만을 상상했다. 하지만 시도한 일들은 언제나 불확실하고 불안정했다. 결국 믿을 거라고는 오직 내 안에 자리 잡고 있는 확신만 믿고 나아갈 수밖에 없었다.

일러스트레이터라는 직업을 처음 시작할 때 제일 자신 있는 분야여서 확신이 있었고, 자영업을 시작할 때는 '여기는 상권도 있고 주변에 아파트 단지도 있어서 자리가 괜찮아'라는 판단에 대한 확신이 있었다. 그런데 확신이 흔들리면 잘 가고 있는 게 맞는지 방향성에 의심이 들고 미래가 불안해지기 시작했다. 눈에 띄는 성장이 없으니 왠지 지금 내려놔야 할 것 같고, 빨리 발을 빼야 본전이라도 건질 것 같다. 순간의 흔들림으로 처음의 확신을 의심하기도 했다. 포기해야 할 순간임에도 그동안의 노력이 아깝고 노력에 대한 보상을 얻고 싶어 물이 나오지 않는 우물을 계속 붙들고 있는 게 아닌가 끝없이 고민했다.

여전히 확신이 흔들리는 요즘, 나와 주변의 바람에 흔들리지 않는 강한 사람이 되고 싶다. 무조건 밀어붙이기만 하는 것이 아닌, 요령을 피우며 편한 대로 사는 것도 아닌, 후회 없이 최선을 다하고, 놓아야 할 때는 미련 없이 털어 버린 후 새 출발을 하는 그런 단단한 사람이 되고 싶다.

#16.

입금만 되면!

입금이 되면...

쓰고 싶은 거, 하고 싶은 거

하루는 푹 쉬면서
나를 위한 시간을 가질 거야.

퇴근하고 집에 갈 때 회도 한 판 뜨고
아이스크림도 사 가야겠다.

후후후... 입금만 되어 보라구...

설렘 　　　 기대

후후후...

부지런히 마감을 향해 GO GO!!

막연한 상상만으로 일상을 버티게 해 주는 힘이 되는 것들이 있다. 연금복권의 당첨 금액이 올랐다는 소식을 듣고 연금복권을 샀다. 지갑에 겨우 3천 원이 있어 3장만 샀다. 왠지 로또보다는 연금복권이 현실 가능한 느낌이 들어서 처음 사는 거면서도 당첨될 수도 있지 않을까? 하는 기대를 했다. 1등 아니, 2등이라도 되면 한 달에 1백만 원씩 공돈이 들어온다는 생각에 돈을 어디에 쓸지 상상하고 계획했다. 1등에 당첨돼서 한 달에 한 번씩 통장에 7백만 원씩 딱딱 꽂히면 인생이 얼마나 아름다울까? 만약 1등에 당첨되면 지금 하고 있는 일은 계속하되 일주일에 두 번은 쉬어야지. 그리고 차도 한 대 뽑아서 풍경 좋은 곳으로 주말마다 여행을 다닐 거다. 탕진하지 않고 꾸준히 저금해서 은행 VIP가 되어야지. 대출을 조금 받아서 혼자 살 만한 집을 장만해 나만의 공간도 가져야겠다. 보너스 같은 돈이 꾸준히 수중에 들어오면 을 같은 신세가, 움츠릴 대로 움츠러진 어깨가 조금은 펴질 것 같다. 복권에 당첨돼도 허투루 쓰지 않고 알뜰하고 요긴하게 쓸 자신 있는데! 며칠 뒤 확인해 보니 하나도 당첨된 게 없었지만 상상하며 지낸 며칠은 참 행복했다. 엄마와 나란히 누위 있을 때면 이런 말을 하곤 한다.

"엄마, 작가가 돈 못 버는 것 같아도 나중에 잘되면 다른 사람들보다 더 잘 벌고 한 작품으로 오랫동안 먹고살 수 있는 직업이야. ○○○ 알지? 그 작품 감독도 몇 년 동안 한 푼 못 벌고 엄청 힘들었다가 지금은 으리으리하게 잘 산대. 기다려 봐. 나도 그렇게 될 수도 있잖아? 엄마도 사모님 소리 들으면서 살게 해 줄게."

입에 발린 허무맹랑한 소리일 수 있지만 그 순간만큼은 피식 웃게 되는 상상이다. 자꾸만 그림 작업의 입금 예정일부터 꼽아 보게 된다. 두 달만 버티면 입금되니까 사고 싶은 품목은 장바구니에 넣어 두고, 하고 싶은 건 다이어리에 버킷리스트로 적으며 지금을 이겨 낸다. 나는 돈을 더 준다고 해서 그림이나 글을 능력보다 월등하게 잘 그리거나 쓰지는 못한다. 그래도 의지는 달라진다. 대가 없는 개인 작업을 할 때면 더 좋은 아이디어가 나올 때까지 할 일 없이 빈둥거리며 때를 기다린다. 몇 글자

적고 몇 번 쓱쓱 스케치하다가 금방 엉덩이가 가벼워져 딴짓하며 돌아다닌다. 그런데 약속한 기한과 작업에 대한 대가가 있으면 온 정신이 작업에만 쏠리면서 엉덩이가 무거워져 책상 앞 망부석이 된다. 다른 일을 하면서도 뭘 그릴지, 어떤 내용을 쓸지 하루 종일 생각이 떠나지 않고 주변에는 항상 노트와 펜이 대기 중이다. 뭐라도 생각나면 어디에라도 적기 바쁘다. 일주일에 한 단락 쓰기도 어려웠던 글이 어쩔 땐 하루에 몇 개씩 줄줄 터져 나오기도 한다.

이런 집중력이 있다는 사실에 새삼 놀란다. 역시 의지는 아무 것도 없는 허허벌판보다는 작은 새싹, 나뭇가지 하나라도 보여야 더 잘 생기나 보다. 입금만 되어 보라고! 고생한 만큼 즐겁게 팍팍 써줄 테다!

2장

사람이 제일 어려워

외롭다

사랑하는 티, 사랑받는 티는 일부러 뽐내지 않으려 해도 표시가 난다. 굳이 꺼내 자랑하지 않아도 몸에서 뿜어져 나오는 행복감과 안정감, 얼굴에 흘러넘치는 풍요로움이 있다. 그런 기운이 뿜뿜한 사람을 보면 혼자 아득바득 살아 보려고 발버둥 치는 내 모습은 전투사 같다. 황량한 벌판에 뾰족한 창 하나 들고 서서 언제 어디서 공격 당할지 몰라 쉬지 않고 주변을 살피며 한 걸음도 쉽게 떼지 못하는 야생 버라이어티 같은 삶이다.

친구는 연애를 오래 해도 권태기도 안 오고, 친척 언니는 결혼해서 꿀 떨어지게 행복하게 살던데, 나도 누군가와 행복하게 살 수 있지 않을까?

몇 년 전, 연애에 한창 목맸던 적이 있다. 연애를 하고 싶다고 작정한 때를 놓치면 이제 연애 근처에도 못 가고 죽을 것 같다는 확신이 들었다. 그래서 작정하고 만나 보려고 용을 썼다. 옷도 머리도 화장도 내가 할 수 있는 최대치로 한껏 꾸몄다. 선, 소개팅, 각종 모임, 그리고 소개팅 어플까지. 물불 가리지 않고 만날 지점을 만들었다. 생전 해 볼 생각도 못 한 밀당도 도전해 봤으며, 자존심 다 내려놓고 나를 별로라고 하는 사람에게 매달리기도 했고, 마음에 안 드는 누군가에게는 냉정히 이별을 고하기도 했다. 가볍게 만나고 헤어지는 그런 과정들도 나중에 괜찮은 사람을 고를 기초 데이터가 될 거라 생각하고 다양한 사람과 데이트를 했다.

작정하고 연애 시장으로 뛰어들어 다양한 사람들과 대화를 해 보니 없던 연애세포가 생기는 게 느껴졌다. 호감 가는 상대와는 어떻게, 어떤 주제로 대화를 해야 분위기가 좋은지, 어떤 행동, 어떤 말투에 설레하는지 아주 조금씩 포인트를 잡아 갔다. 그렇게 여기저기 돌아다니고 들쑤시고 다니니 몇 명에게 고백을 받아 사귀기도 했다. 고백받는 것도, 사귀는 것도 생각보다 별거 아니라는 생각이 들었다. 지금껏 썸 같지도 않은 썸만 타면서 잠 못 든 지난 세월이 허무하게 느껴질 정도였다.

서로의 관심을 끌고 호감이 생기고 사귀는 것까지는 좋았는데 '사귄다'는 서로의 약속에 의해 '연인'이라는 관계가 만들어지면서부터 내가 꿈꿨던 행복하고 즐거운 일들만 일어나지는 않았다. 시간이 갈수록 마음을 의심하고 서로의 행동을 억압하려고 했다. 마찰은 정말 다양한 이유로 일어났고 마음도 점점 변해 갔다. 결국 갈등의 끝은 헤어짐이었다. 세상에서 가장 소중했던 사람이 다시는 만나기 싫은 사람으로 변하는 과정은 겪을 때마다 감정 소모가 너무 심해 나를 병들게 했다. 이전의 연애를 천천히 돌이켜 보며 연애 관계에서 나의 미숙함도 많이 깨달았다. 연애를 하려면 정서적으로 안정이 되어 있는 상태여야 하는데 나는 연애를 하는 시기마다 극도로 불안하고 예민했다. 안정적인 정서가 준비되어 있지 않은 상태에서 당장 외롭다고 좋아하는 사람에게 마음의 치유를 무조건 떠맡겨 버리면, 또 사랑이란 이름의 전쟁을 다시 치러야 했다.

이젠 좋은 사람을 만날 자신도, 내가 좋은 사람과 건강한 연애를 할 자신도 없다. 행복한 연인들을 보고 아낌없이 축하해 주고 축복해 주어도 어느 날은 외로움이 심장을 통과해 머리끝까지 몰려올 때가 있다. 유난히 감정적으로 흔들리고 휘청이는 날에 떠오르는 건 예전에 누군가와 나눴던 좋았던 감정뿐이다. 왜 지난 과거는 좋았던 것만 떠오르고 미화되는지 모르겠다. 나도 모르게 추억에 흠뻑 젖어 있으면 그 모습을 한심해하는 또 다른 자아가 쫓아와 노트 한 권을 들이민다.

"그 당시에 썼던 네 일기 읽어 줘야 정신 차릴래? 헤어지고 나서 그 남자의 단점을 적어 두었지. 그게 무려 열다섯 가지야. 너한테 자고 있다고 거짓말하고 여자들이랑 놀았던 거 기억 안 나? 그리고선 끝까지 거짓말하다 들켰지? 알고 있으면서도 그 뒤로도 더 만났잖아. 기억 안 나? 또 말해 줘? 아직 정신 못 차렸구나?"

외로울 땐 일기에 썼던 열다섯 가지 단점 리스트를 펼쳐 보자. 헤어질 당시 나눴던 카톡도 열어 보자. (후폭풍이 올 걸 대비해 최악의 대화 내용을 일부 캡처해 두었다.) 내 흑역사가 거기에 다 있다. 외롭던 마음이 쏙 들어간다.

자존심만 센 사람의 연애 공식

자존감이 낮아질 때마다
낮아진 자존감을 끌어올리려고

누구라도 좋으니
나에게 주는 감정을 사용했다.

당시에는 다른 사람이 채워 주는
애정으로 구덩이를 빠져나오는 것이
쉽고 당연했다.

때로는 상대방에게 한없이 의지하고

때로는 한없이 요구하며 내가 사랑받는 존재인지
계속 확인해야 안심이 됐다.

그리고 다시 자존감이 떨어질 때마다
모두 상대의 잘못이라 생각하며
소비적인 관계만 만들어 갔다.

아무리 채우려 해도
채워지지 않는 마음

하지만, 남이 채워 주는 애정은
금방 없어지고 마는 일시적인 포만감처럼
채우려 할수록 더 허기가 졌고,

난 이러려고
널 만난 게 아닌데...

언제까지
해 줘야 네가
만족하겠니?

상대의 마음을 쉽게 여기니

휘이잉 ————

진심이던 마음 또한 나를 떠나갔다.
아무리 채우려 해도 내 마음은 채워지지 않았다.

한창 연애를 하고자 여기저기 휘젓고 다니던 시절에는 비슷한 연애 공식이 있었다. 연애를 해야 한다는 의무감 같은 게 들 정도로 나이 압박이 있었지만, 지금 생각해 보면 현실 도피성으로 애정을 갈구했던 것 같다. 당시 나는 일과 그림 뭘 해도 다 잘 되지 않았다. 부모님은 정리하고 지금이라도 발을 빼는 게 이익이라고 말했었다. 정말 다 그만 두어야 하나? 이렇게 끝인 건가? 난 이제 뭐 먹고 살지? 불안이 엄습해 왔다. 일 문제로 스트레스가 많아 몸과 정신은 피폐했고, 닳아 버린 삶의 의욕과 낮은 자존감을 다른 무언가로 채우고 싶어 했다. 이런 마음이 연애를 해야겠다는 다짐에 기름을 뿌렸다.

　문제는 자존감은 바닥을 쳤으면서 자존심만 셌다는 거다. 나는 상대의 애정이 내 애정보다 더 커서 적극적으로 나를 만나고 싶어 하는 사람만 만났다. 그리고 썸 탈 때의 두근거림과 연애 초반의 말랑말랑한 감정만을 좋아했다. 그런 관심을 받으면 꼭 내가 이 세상에 가치 있는 사람처럼 느껴졌다. 자존감과 자존심이 모두 채워지는 것 같았다. 먼저 하지 않아도 알아서 계속 오는 연락과 나와 잘해 보려고 쏟아내는 달콤한 말과 상냥한 행동에 정신이 팔릴 때면 불안한 현실을 잠시 잊을 수 있었다.

나를 좋아하는 사람들에게 멋진 커리어우먼인 듯 행동했다. 지금 생각하면 창피하지만 일과 그림 모두 정체되고 하락 중인데도 매력적인 사람으로 보이고 싶어서 있는 척을 했었다. 꽤 잘 나가는 예술가이자 부유한 사장으로 보이고 싶었다. '이런 멋진 내가 너를 만나주는 걸 감사하게 생각해!' 이런 마음이었던 것 같다. 여기서부터 잘못된 연애가 시작된다. 나와 비슷한 나이의 사람들은 나보다 형편이 좋은 경우가 많았다. 취직한 회사에서 어느 정도 직급을 달기 시작하고, 사업가는 자리를 잡아 안정적인 생활을 하고 있었다. 나는 쥐뿔도 없으면서 복어처럼 겉모습만 부풀리고 있는데 상대방은 그 나이에 이룰 것들을 이룬 사람들이었다. 여기서 느끼는 괴리감과 열등감이 상당했다. 척했던 커리어는 내 나이에는 당연히 그 정도는 이뤘어야 하는 것이 되어 버렸기 때문에 항상 연기를 했다. 이런 '괜찮은 나'를 만나는 사람은 나를 놓치고 싶어 하지 않아야 하는데, 오히려 반대의 상황이 되어 버렸다. '고작 조그만 구멍가게 하나 차리고 월세나 겨우 내면서 이렇게 끄적거리는 그림 쪼가리가 뭐라고. 아무것도 아니란 걸 눈치 채서 싫증을 느끼고 흥미가 떨어지면 어떡하지?'

자존감을 채우고 싶어서 사람을 만날수록 어째서인지 최악의 현실을 생생하게 느꼈고, 자존감은 더 낮아졌다. 밑 빠진 독에 물을 붓는 것처럼 아무리 좋은 차를 얻어 타고 맛있는 음식을 먹고 좋은 곳에 가도 행복하지 않았다. 좋아한다는 고백을 들어도 진심으로 좋아한다고 생각되는 사람이 단 한 사람도 없었다. 나에게 유난히 적극적인 건 겉으로 괜찮아 보이는 나의 커리어와 자신의 취향일지 모르는 외형, 어쩌면 다른 음흉한 것에 목적이 있을 수 있다는 생각에 나에게 주는 애정을 즐기면서도 의심해하며 불쾌한 마음을 같이 달고 만났다. 그래서 진심으로 다정하게 대하지 못했고 더 애가 타라고 일부러 연락도 늦게 했다가 한없이 다정하게 굴면서 심술을 부렸다. 상대가 애가 타는걸 느껴야 나에게 관심이 있다고 착각했다. 그래서 상대의 애정에 기대 내가 하고 싶은 대로 했다. '쉽게 넘어오는 사람보다는 나같이 어려운 사람을 더 좋아할 거야!'라는 말도 안 되는 자기합리화를 하면서 말이다.

상대가 나의 이기적인 마음을 눈치 채고 그만 만나자는 연락을 하거나, 사귀기로 한 후 나를 감당하지 못하고 헤어짐을 통보하면 단단하고 높게 쌓아 올린 성이 와르르 무너져 내렸다.

성 꼭대기에 있는 고귀한 왕이었는데 성이 무너지니 폐허에 가진 것 하나 없는 그저 그런 사람 한 명만 남게 되었다. 비참함을 지우려고 대체할 사람을 계속 바꿔 가며 성을 쌓고 무너트리는 과정을 반복했다. 그렇게 만신창이가 되고 깨달은 건 단순한 호기심 같은 애정에 기대면 언젠가 변할 상대의 마음 때문에 다시 자존감 낮은 텅 빈 상태로 되돌아온다는 것이다.

오직 나의 만족을 위해 상대의 애정을 사용하면 내 마음이 채워질 만한 진실한 애정을 받기 어렵다. 딱 그만큼의 상대만 꼬인다. 사랑은 서로 주고받아야 성립된다. 진심 어린 애정을 원하면 나도 진심을 받아 주고 진심을 보여 줘야 한다. 좋은 사람인지를 판단해 나의 빈 마음을 채우고 싶다면, 먼저 나부터 단단히 만들어야 한다. 혹시 내 마음에 금이 간 건 아닌지 살펴보고 혼자서도 빈 마음을 어느 정도 채우는 방법을 알아야 한다. 아무리 좋은 향이 나는 향신료를 병에 채워도 향은 금이 간 유리병을 영원히 채워 주지 않는다. 수리공은 보이는 부분만 수리해 줄 뿐, 단단하게 보수할 수 있는 건 나 자신뿐이다. 이제 내 힘으로 마음의 조각을 조금씩 붙이기로 했다. 빈 마음을 차근차근 채워 보기로 했다.

우리는 어디서 위로받나요?

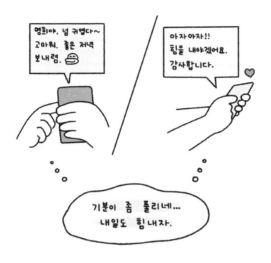

가장 가까운 사람에게 상처받고
위로는 잘 모르는 타인에게 받는 요즘...

바라는 건 올캉하진 않아도 단지
서로의 마음을 굵으여 지나가지 않는
그런 말 한마디... 그 뿐인데...

나에게는 몸은 가까이 있지만 마음은 먼 두 종류의 사람이 있다. 첫 번째는 생판 남이지만 어쩔 수 없이 붙어 있어야 하는 사람들이다. 출퇴근 때 마주치는 사람들이 대표적이다. 지하철에 앉아서 갈 때 내 몸의 일부가 옆 사람과 닿으면 왜 그렇게 불쾌한지 모르겠다. 사람들과 항상 일정 거리를 유지하는 나에게는 살이 닿은 상태로 오랜 시간 앉아 있는 시간은 참 고역이다. 피곤한 날이나 출퇴근 시간에는 꾹 참고 앉지만, 그 시간을 제외하고는 쩍벌 아저씨의 허벅지와 닿고 싶지 않아 서서 가는 걸 선택한다. 다른 경우는 일로 만난 사람들과 한 공간에서 하루 종일 생활해야 할 때다. 이런 관계는 정말 애매하다. 한 명이 퇴사하기 전까지는 하루 9시간 이상을 2미터 이내에 머물러 있어야 한다.

두 번째는 서먹한 가족이다. 매일 같은 집에서 얼굴을 맞대고 살아야 하기 때문에 싸우고 또 싸우지만 평생을 함께 가야 한다. 어떨 때는 태어날 때부터 봐 왔던 사람들이 맞나? 싶을 정도로 이해가 안 되고, 가끔은 나를 전혀 배려하지 않을 때 크게 실

망한다. 가부장적인 아버지는 가족들과 함께일 땐 그럭저럭 말을 붙이다가 이상하게 나와 둘만 있으면 남보다 어색해한다. 가끔 보는 친척들도 어쩔 땐 남보다 못하다.

요즘은 핸드폰이 효자 노릇을 톡톡히 해 준다. 사람들과 어색함을 회피하고 싶을 때 핸드폰을 켠다. 정적이 감돌 때 이런저런 걸 보면 잠시 숨 막힘에서 벗어날 수 있다. 지친 하루 끝에 보는 핸드폰 속에는 다양한 사람의 이야기가 있다. 막 퇴사를 하고 백수 생활을 시작한 어떤 이의 글이 있고, 여행을 끝마친 여행가의 만화가 있고, 자존감이 바닥까지 떨어진 누군가에게 힘을 주는 응원의 글도 있다. 읽으면서 웃음도 나고, 눈물도 핑 돈다. 화면 속 누군가는 우울한 사람에게 별거 아닌 일로 왜 우울해하냐고 타박하지 않는다. 어디로 나아갈지 방향을 잃은 사람에게 정신 차리라는 야박한 질책보다는 포기하지 말라고, 너 자신을 믿으라고 말해 준다. 그저 달콤하기만 한 것 같은 글과 그림에도 몇천 개의 하트가 달린다. 하트의 주인공인 누군가는 공감했을 것이고, 누군가는 위로를 받았을 것이고, 누군가는 살아

갈 힘을 얻었을 것이다.

  가까운 사람보다 화면 속 세상이, 화면 속 누군가가 더 의지
되는 순간이 있다. 온기가 느껴질 눈앞의 대상보다 차가운 기계
속에서 연결되는 마음들이 더 따뜻하게 느껴지는 순간들이 있
다. 예전에는 눈앞에 사람을 두고 각자의 핸드폰에 열중하는 사
람들을 보면 차갑게만 느낀 적이 있는데, 이제는 한편으로 짠하
고 슬프다. 각자의 마음엔 사랑하고 싶은 마음, 즐겁고 싶은 마
음, 위로받고 싶은 마음으로 가득 차 있는 걸 알기에. 나라도 가
까이 있는 사람에게 상처 주지 말자고, 눈을 맞추며 따뜻한 말
한마디라도, 웃음 한 움큼이라도 건네자고 반성하고 다짐한다.

04

친함의 정도

은연중에 사람들에게 두고 있는 선 안으로
스스럼없이 쉽게 들어오는 사람이 있다.

친한 사이라고 느껴질 만큼
마음이 가까워지는 거리.

숨겨 둔 마음까지 보여 주고 싶은 거리.

그런데 내가
조심히 꺼낸 별 조각이

그 사람에게는 수많은 별 조각 중
하나일 뿐이라는 걸 알았을 때.

내 마음속 1순위인
그 사람의 1순위가

내가 아님을 알았을 때,

화가 나거나 슬프지는 않지만

허전하면서도 속상한 마음과
민망함이 동시에 밀려온다.

이제는 먼저 선 넘기가 쉽지 않다.

누가 좀 알려 줬으면 좋겠다.
어느 정도가 적당 선인지.
친함의 정도는 어디서부터인지.

"이거 마시면 나랑 사귀는 거다?"

연애의 시작은 생각보다 명료하다. '오늘부터 1일'이나 '우리 사귈래?'라고 말하고 그 말에 동의하면 그때부터 연인 관계가 시작되고 연인이라는 관계에서 해야 할 권리와 의무들이 생겨난다. 그런데 친구 사이는 그런 명확한 구분이 없다.

사회에 나오니 친구라고 말할 수 있는 사람이 몇 명 없다. 나와 동갑이 아니어도 어떤 관심사나 주제로 대화가 잘 통하거나 같이 시간을 보낼 때 성격이 맞고 재밌으면 아는 지인에서 친한 관계로 좁혀진다. 고등학생 때만 해도 같은 나이고 대화가 통한다 싶으면 그다지 끈끈한 사이가 아니어도 친구라고 했는데, 성인이 되니 친해도 친구라 말하기 애매한 '친한 동생'이나 '친한 언니'가 된다. 성인이 되면 학생 때보다 깊게 친해지지 못하게 되는 것도 이런 이유 때문인 걸까?

난 친구를 잘 사귀지 못한다. 소심한 성격 때문에 친해지고 싫어도 내가 먼저 말을 걸고 다가간 적은 거의 없다. 그래서 누군가가 친해지려고 먼저 다가오면 반가우면서도 한편으로는 겁이 난다. 나는 시간을 두고 충분한 '친함'을 계속 주고받아야 어느 순간부터 천천히 친구라는 생각이 든다. 충분한 시간을 보내지 않아도 나를 쉽게 친구라고 생각하는 사람에게는 내가 자신에게 호의적이지 않은 것처럼 느껴질 것이다. 반대로 내가 친구라고 생각했던 상대방이 나에게 줬던 호의를 모든 사람에게 무한으로 제공할 수도 있다. 아니면 오랜 시간을 알고 지냈으니 나 혼자 친구라 착각하고 있을 수도 있다.

가끔은 나와 상대방의 마음을 바코드로 찍듯 눈에 보이는 수치로 확인하고 비교해 보고 싶다.

'삐빅- 당신은 내가 당신을 생각하는 것만큼 나를 친하다고 생각하고 있습니까?'

어렸을 때처럼 '우리 절교하자'라고 단순명료하게 연을 끊어버리는 행동은 하지 않는다. 이제는 어느 순간 서로 연락이 뜸

해지고 간간이 소식이 들려오다가 점점 서로에게 희미한 존재가 되는 것이 일반적이다. 친구라고 생각했던 사람이 다른 사람에게 나에게는 보여 주지 않았던 표정과 나랑은 절대 하지 않았던 행동을 보이면 나 혼자 속마음을 다 꺼내 보였던 것이 민망해진다. 친구라고 생각했기 때문에 솔직하게 보여 주고 표현했던 것이기에 부끄러워할 필요가 없다고 생각하지만 마음속으로는 빈정이 상하고 속상하다. 나도 그냥 적당히 어울리고 말걸 괜히 나만 끝까지 다 보여 줘서 손해 본 것 같고 진 것 같다. 친함의 정도는 어느 정도부터 시작일까? 친구는 어디서부터인 걸까?

05

이런 내가 솔직해져도 될까?

왜 난 사람들과 어울릴 때마다 이질감이 느껴지는 걸까.

왜 자연스럽게 사람들과 어울리지 못할까?

어... 저기...

표면적인 이야기가 아닌

좀 더 깊은 내 마음을 이야기해 보고 싶어도

내 말에 공감하지 못할 것 같아서,

내 상황과 고민을
자신의 위안에 이용할까 봐,

나에 대한 인식이 나빠지거나,

잘 지내던 관계가 흐트러지거나
관계가 달라질까 봐

아니, 아무것도 아니야.

우리 밥 먹고
카페 어디로 갈래?

하려던 말을
다시 한 모금 참게 된다.

어느 순간 나는 연기를 하기 시작했다. 밝은 사람인 척, 대화가 즐거운 척, 세상에 긍정적인 척, 지금 이 문제가 아무렇지 않은 척. 그럴수록 고민과 걱정이 쌓이고, 아닌 척하는 연기력은 날로 늘어만 갔다. 힘들어 보니 정말 돈이 없는 사람은 주변 사람들에게 "나 완전 거지야"라고 가볍게 말하지 못하고, 심각한 문제로 어려움에 처한 사람은 "요즘 진짜 죽을 것 같아~"라고 쉽게 말하지 못한다. 도움을 간절히 원하지만 쉽게 손 잡아 달라고 말하지도 못한다. 솔직하게 털어놓지 못하는 건 내 상황과 감정이 너무 깊어서이기도 하지만 이 감정을 상대방이 과연 왜곡 없이 그대로 알아주고 공감해 줄까 염려되기 때문이다.

상대와 친밀감을 느끼는 부분 중 하나가 '서로에게 솔직해지는 것'이라고 생각한다. 하지만 얼굴에 난 뾰루지 하나도 보여주기 싫어서 컨실러로 가리고 밴드를 붙이는 판국에 나를 알아줬으면 하는 사람에게 감추고 싶은 것들을 보여 주는 것은 매우 신중하고 조심스럽다. 나를 좋게 생각했던 사람들도 나를 다시 보고 부정적으로 판단할 것 같고, 공감대 형성이 안 된 사람에게

섣불리 말했다가 이해가 버거운 감정을 억지로 전달해 상대를 곤란하게 만들 것 같다. 혹은 자신보다 더 불행한 나를 보며 자신의 처지를 위안하거나 나를 동정의 대상으로 여길 것 같다.

'어두운 모습은 사람들이 싫어할 거야. 밝은 모습이 아니면 더 소외될 거야.'

어두운 사람은 어디서도 환영받지 못한다는 생각이 가슴 깊이 자리 잡고 있어서 이제는 정말 친한 사이가 아니면 속 이야기를 하지 않는다. 그냥 밝은 사람으로만 보이고 싶다. 사람들과 어울리는 걸 좋아해서 지인들의 모임은 빼먹지 않고 꼬박꼬박 만나고 얼굴 도장을 찍지만, 어쩔 때는 무리 안에 있다는 소속감과 안정감만 느끼고 돌아올 때가 많다. 무리 안에서 잘 어울리는 사회성 있는 내 모습을 보며 안도한다.

멋을 낸 듯 만 듯 꽤나 신경 쓴 옷을 입고, 정갈하고 아기자기하게 꾸민 카페에 모여 예쁜 잔에 담긴 허브와 과일이 섞인 음료를 마시고, 영어로 된 알 수 없는 긴 이름의 설탕으로 코팅된 디저트를 먹고, 사진을 찍으며 깔깔거리다 단내 가득한 입과 수다에 만족하며 집으로 돌아간다.

집에 도착해 옷가지를 집어던져 버리고 나면 왜 이렇게 허기가 지는지. 칼칼하고 얼큰한 컵라면에 목구멍이 화해지는 소주 한 잔이 생각난다. 내가 원하는, 내가 바라던 모습으로 보낸 하루였는데 왜 이렇게 마음 한구석이 허전한 걸까.

06

15년 지기 친구 셋이 모이면

〈 15년 지기 친구 셋이 노는 법 〉

버스 타고 놀러 나갈 때

사람이 많을 땐
같이 앉기 보다
우선 자리가 나는 대로
앉아 간다.

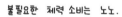

불필요한 체력 소비는 노노.

쇼핑할 때

꼭 사야 하는 품목이 많아져서
각자 빠르게 산 뒤에 다시 뭉쳐 구경한다.

식당에서

먹 토론의 장

먹는 것에서는 세상 진지.
어느 때보다 치밀하고 신중하며 계획적이다.
만나면 셋이서는 기본 네 가지 메뉴를 시키고
다 나눠 먹기에 서로의 입맛을 아주 잘 알고 있다.

만나고 헤어진 밤

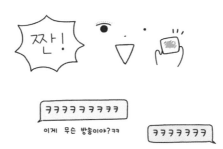

실없는 라이브쇼로 마무리.

15년 지기 친구들을 만나면 이러고 논다.

인간관계가 좁은 나에게도 학생 때부터 사귄 친구가 있다. 나 포함 세 명인데 학생 때는 홀수여서 불편한 상황이 많이 있었 다. '체육 시간에 배드민턴을 누구와 쳐야 할까?' '수학여행 갈 때 버스에서 누구와 같이 앉을까?' '놀이공원에서 2인씩 앉는 놀이 기구에는 누가 빠질 것인가?' 등등 항상 고민이었다. 경험상 두 루두루 같이 어울리는 친구들 안에서 '암묵적 단짝 친구'가 꼭 존재했었다. 우리처럼 홀수인 무리라면 우리와 같은 처지의 무 리를 찾아야 했다. 홀수인 무리가 존재하지 않는다면 그때부터 스트레스 시작이다. 수학여행이나 둘이 앉아야 하는 소풍이 있 으면 일주일 전부터 스트레스를 받았다. 혼자 앉거나 친하지 않 은 사람과 앉고 싶지 않아서 벌이는 은근한 눈치싸움이 정말 치 열했다. 왠지 나를 뺀 둘이 더 친해 보이면 초초한 마음도 들었 다. 이대로 놀다 보면 두 명 사이에 낀 깍두기 신세가 되는 건 아 닐까 항상 걱정이었다.

어느새 이 친구들과도 알고 지낸 지 15년이 넘었다. 이제는 각자 다른 곳에서 일을 하고, 사회에서 서로가 모르는 친구들도 사귀게 되었다. 누구는 결혼하고, 누구는 연애하고, 누구는 혼자의 삶을 즐긴다. 이제는 더 이상 누구랑 앉아야 할지 신경전을 벌이지 않는다. 몇 개월을 연락하지 않아도 그냥 바쁜가 보다 하고 먼저 연락을 한다. 얼마 전 셋이 여행을 갔을 때 기차에서 넓은 자리에 편하게 가고 싶어서 서로 혼자 앉겠다고 난리였고, 버스에서는 앉을자리가 생기는 대로 따로 떨어져 앉았다. 그동안 같이한 시간만큼 믿음이 두터워졌고, 각자의 삶이 있다는 걸 자연스레 인지하게 되니 더 이상 혼자가 되는 것을 두려워하지 않는다.

이 마음을 어렸을 때부터 갖고 있었다면 더 즐겁게 그 시절을 보낼 수 있었을 것 같은데 그때는 그게 참 어려웠다. 지금이라도 단단한 마음으로 주변 눈치 보지 않고 쿨하게 잘 살아 내고 싶다. 15년 지기 친구들에게 하는 것처럼 내가 하고 싶은 대로 까불고 싶고 나대고 싶다.

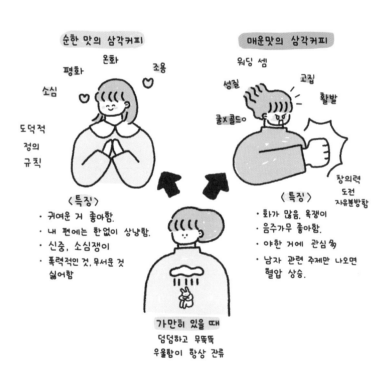

#07.

순한 맛과 매운맛

사실 난 성격도, 취향도 엄청난 혼종이다.

순한 맛의 삼각커피

온화
평화   조용
소심

도덕적
정의
규칙

〈특징〉
• 귀여운 거 좋아함.
• 내 편에는 한없이 상냥함.
• 신중, 소심쟁이
• 폭력적인 것, 무서운 것
  싫어함

매운맛의 삼각커피

워딩 셈
성질   고집
                  활발
쿨ⅹ콜드ㅇ

창의력
도전
자유분방함

〈특징〉
• 화가 많음, 욕쟁이
• 음주가무 좋아함.
• 야한 거에 관심 多
• 남자 관련 주제만 나오면
  혈압 상승.

가만히 있을 때
덤덤하고 무뚝뚝
우울함이 항상 잔류

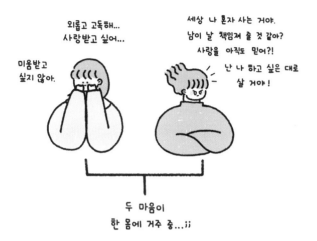

한 가지만 해도 벅찬데 중요한 건 가끔
맛이 오락가락한다는 거다.

취향도 극과 극이다.

힐링 애니메이션과 야시시한 영화를
동시에 봄.

이렇게 다른데
이대로 괜찮은 걸까?

내 성격은 크게 '순한 맛'과 '매운맛'으로 나뉜다. '순한 맛' 버전의 나는 상냥하고 조용하고 본모습을 잘 드러내지 않으며 모범생처럼 보이고 싶어 하고, 조용한 분위기를 좋아한다. 그래서 순한 맛 버전을 본 사람들은 나를 친절하고 착하게만 생각한다. 내가 착한 줄 알고 말을 조심하기도 하지만 다 받아 주는 사람으로 생각해 말을 가리지 않고 쉽게 하거나, 자기가 원하는 행동을 아무렇지 않게 강요하는 사람도 있다. '매운맛' 버전은 화도 많고 욕도 잘하고, 음주가무를 좋아한다. 관심 분야가 화두에 오르면 목소리와 행동이 커지고 말도 많아진다. 처음 본 사람과도 쉽게 말을 튼다. 이 버전일 때는 사람들과 금방 어울리는 유쾌한 사람으로 비친다. 몇몇은 활발하고 스스럼없이 행동하는 나를 가볍다고 생각하기도 한다.

　순한 맛 버전만 보던 사람들은 내가 조금만 강한 어투로 말하거나 활동적인 취미가 있다고 하면 의외라고 생각한다. 반면에 매운맛 버전인 활발하고 대범한 모습만 봤던 사람들은 생각보다 고지식하고 조용한 성격이라는 걸 알고 나면 김이 빠진 듯 실망한 내색을 한다. 연애를 할 때도 마찬가지였다. 지인 소개로 만난 사람과 연고 없이 소모임에서 만난 두 사람은 나를 전혀 다르게 판단했다. 연애를 시작하면 처음 본 느낌이 아닌 다른 모습을 보여 주면 실망할까 봐 상대방이 좋아하는 성격만 보여 주려고 스스로를 검열했다.

상황에 따라 나를 대하는 사람들의 태도가 달라지고 나에 대한 평가도 달라지니 최근 들어 왜 이렇게 상황별로 성격이 달라지는 걸까 생각해 봤다. 시간을 거슬러 올라가 차근차근 짚어 보니 중학교 1학년 때가 생각났다. 부모님께 교복도 단정히 입고 성적도 상위권으로 유지하는 착한 딸로 보이게 행동하다가도 어떤 날에는 모두가 잠든 새벽에 창문을 타고 나가 친구와 동네를 돌아다니며 놀다 아침에 몰래 들어온 적이 종종 있었다. 이게 내 혼종의 시작이 아닐까.

어렸을 때부터 부모님은 내게 '모범적으로 살아야 한다' '단정하고 조신해야 한다'고 강요했다. 그래서 나의 순한 맛의 모습을 보고 싶어 하는 사람과 상황에서는 원하는 모습으로 행동하고, 군이 그렇게 안 보여도 되는 장소에서는 참아 왔던 모습을 표출하며 다녔다. 어린 나에게는 매운맛 버전이 일종의 일탈이었던 것 같다. 이제 내 의지로 자유롭게 행동할 수 있는 나이가 되니 나도 모르는 새 점점 매운맛의 비율이 늘어나 두 가지의 맛의 비중이 비슷해지는 정도가 되었다.

전에는 내가 어떤 사람인지 답을 딱 내리고 싶었다. 하지만 알리오 올리오 파스타도 느끼하다가도 톡 쏘는 매콤함이 있고, 달달한 캐러멜에 소금 맛이 나는 솔티 캐러멜도 짠맛이 더해져 개성 있는 단맛이 된다. 꼭 중간 맛을 찾지 않아도, 어떤 사람이라고 딱 정의 내리지 않아도, 내 맛대로 나만의 맛을 만들어 가면 된다. 순한 맛인 나도 언제든 매운맛으로 변할 수 있고, 매운맛뿐일 것 같은 상황에서 한없이 순한 맛으로 포용력 있게 변할 수 있는 입체적인 사람이 매력적인 법이다. 그렇다면 두 가지 맛이나 가지고 있는 나는 미친 매력의 소유자 아닐까? 자문자답이고 나르시시즘일지 모르지만 어쨌든 우겨 본다.

혼종이라면 매력 있는 혼종이 되고 싶어!

#08.

아무것도 하기 싫은 날

나도 즐겁고 행복한
어린 시절을 보내고 싶었다.

잊으려 했던 기억만 자꾸 떠오르고
오늘따라 모든 일이 꼬이고 엉킨다.
아무것도 하기가 싫다.
모든 게 다 불만스럽다.
살아온 시간의 기억들이 억울하다.

시간은 흐를 만큼 흐르고
나이는 먹을 만큼 먹었는데
어린 시절의 나를 떠올리면 왜
아직도 아프고 가여울까.

어린 날의 상처 입은 기억이 스멀스멀 올라올 때가 있다. 정말 괜찮다고, 이제 아무렇지 않다고 생각했는데 어떤 주제나 물건 때문에 어린 시절의 기억이 나도 모르게 또렷하게 튀어나올 때가 있다. 기억에 녹아 있던 감정이 평범했던 하루를 집어삼키듯 식탁보에 넘어트린 커피 잔처럼 시커멓게 물들여 아무것도 하고 싶지 않은 날이 있다.

그저 상처로만 기억되는 어린 시절의 내가 안쓰러운 날. 불 켜진 집이 무서워 들어가지 못하고 밤늦게 버스 정류장에서 하염없이 떠나가는 버스를 보며 집에 불이 꺼지기만 기다렸던 그날. 쏟아 낼 눈물은 다 쏟아 낸 것 같은데 자꾸만 나오는 눈물 때문에 이불 속에서 소리 죽여 옷소매로 쉼 없이 닦아 낸 날.

그 날들로 돌아가 상처받은 어린 나를 한 명도 빼놓지 않고 꼭 안아 주고 싶다. 나를 아프게 했던 모든 것들에게 이 세상에서 가장 크게 낼 수 있는 소리로 너희가 뭔데 날 아프게 하냐고 힘껏 소리쳐 주고 싶다. 넌 절대 나쁜 아이가 아니라고, 계속 불행하게만 살지 않을 거라고 말해 주고 싶다.

09

나란히 송충이 눈썹

자세히 읽어 보니
'눈썹 헤나 화장품'이었다.

눈썹에 원하는 모양대로 바르고 몇 분 뒤
떼어 내면 일정 기간 문신 같은 효과를 낸다.

고지식한 아빠 성격에

농담으로 듣고 넘기겠거니, 했는데

엥? 의외로 OK?

내심 하고 싶었던 건가!!

발라 보니 헤나액은
엄청 진하고 두껍게 발렸다.

결국 다 같이 송충이 눈썹을 했다.

얼굴만 마주쳐도 대판 싸우는 부모님 때문에 어렸을 땐 집에 있는 게 정말 두렵고 무서웠다. 하기 싫은 말과 행동을 강요하는 가부장적인 아빠와 돈 문제로 싸울 때마다 소리를 지르는 엄마 때문에 두 분이 같은 공간에 있으면 항상 숨이 조이듯 불편하고 불안했다. 우리 집은 언제쯤이면 평화로워질까 마음이 터질 듯 답답했던 적이 한두 번이 아니었다. 내가 해결할 수 없는 문제였고, 벗어날 수도 없었기 때문에 참고 견디는 것밖엔 할 수 있는 게 없었다. 보통 가부장적인 아버지들은 늙으면 힘도 약해지고 많이 달라진다던데 아무리 기다려도 우리 집은 그럴 기미가 보이지 않았다.

"엄마, 다른 집 아빠들은 늙으면 성질이 좀 죽는다는데 우리 집은 아빠 나이가 ○○살인데 왜 아직도 저래?"

성인이 되면 당장 집을 나가겠다고 다짐했다. 두 분이 이혼을 하지 않으면 이 전쟁은 끝나지 않을 거라 생각했고, 언젠가 두 분은 결국 이혼을 할 것이라고 생각하며 살았다. 그런데 내가 나이를 꽤나 먹은 지금까지 두 분은 이혼을 하지 않으셨고 오히려 요즘은 사이가 좋다. 부부 사이는 알다가도 모르겠다. 불행한 결말만 단언했던 내가 우스워질 만큼 너무나 평범한 가족의 모습을 하고 있다.

　다른 가족들은 다 하는 외식이나 나들이가 거의 없던 시절을 보낸 내가, 그렇게 싸우고 부수는 것만 보고 자란 내가, 무릎을 꿇고 앉아 몇 시간 넘게 혼만 났던 내가, 다 같이 소파에 앉아 본 적도 없는 우리 가족이 아빠의 눈썹에 헤나 액을 숯검정처럼 칠해 주고는 나란히 소파에 앉아 색이 물들기를 기다리는 풍경은 정말 장관에 가관이었다. 이 순간을 '내 생에 유난히 특별한 날'이라고 느낀 것은 어쩌면 웃기면서도 슬픈 일이다. 헤나를 뜯고 씻고 나니 자연스럽게 눈썹이 진해져 있었다. 다행히 부모님의 눈썹도 자연스럽게 잘 나왔다. 부모님이 나이가 든 만큼 나도 같이 나이가 들었지만 시간이 지나니 나에게도 이런 일상이, 평범한 순간이 온다.

10

감정 한 스푼의 차이

사진 속 남자는 A가 아닌
좀 더 마음에 들었던 소개팅 남 B였다!

뭐지... 이 진 것 같은 기분은?

존재 자체를 잊고 있었던 남자 B지만
갑자기 마음 한구석이 쓰려 왔다.
진심 어린 축하는 더 이상 나오지 않았다.

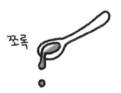

딱 한 스푼의 감정 차이 때문에.

내가 다닌 유치원은 부모님들이 돌아가면서 밥을 만들고, 그 음식을 자녀가 배식하는 날이 있었다. 그런 날은 배식하는 아이에게 음식에 대한 권력이 생겨서 어깨에 힘이 팍 들어갔다. 우리 엄마는 김밥을 싸 주셨고, 선생님이 딱 4개씩만 나눠 주라고 했다. 어렸을 때도 고지식 그 자체여서 항상 선생님 말씀을 잘 듣고 시키는 대로만 했었다. 정확히 4개씩만 주고 있었는데 중간에 한 남자아이가 가다 말고 하나만 더 달라고 졸랐다. 다른 아이들에게는 절대 더 주지 않았는데 그 아이에게는 김밥 2개를 더 줬다. 지금도 선명히 기억난다. 귀여운 얼굴에 아주 크고 까만 눈을 가진 그 아이가 내 무릎 위에 얼굴을 올리고 얼굴을 까딱이며 애교를 피우던 모습을. 그 모습을 보고 홀린 듯 주고 말았다. 6살 때 일이니 정말 오래된 일인데 충격적인 귀여움과 처음으로 선생님의 말씀을 어긴 날이어서 기억이 아직도 생생하다.

  여기서 팩트는 앞서 소개팅했던 '남자 B'와 어렸을 때 남자아이는 내 인생에 의미 있는 사람이 아니라는 것이다. 내 발을 스치고 지나가는 나뭇잎 정도쯤의 인연이었다. 그런데 그 남자 아이는 내 마음에 들었다는 이유로 남들보다 김밥을 두개 더 먹을 수 있었고, 자신의 짝을 만나 행복한 날을 보내고 있는 남자 B는 자신도 모르는 사이 나와 내 친구에게 욕을 먹었다. 사람이 갖고 있는 아주 작은 미묘한 감정 차이가 사람과 사건을 바라보고 판단하는 시각을 완전 다르게 만든다. 정말 미치도록 사랑하는 사이나 철천지원수 사이가 아니더라도 한 스푼의 감정 차이로 누군가에게는 조금 더 친절하게 대하거나 좋은 기회를 주기도 한다. 반면에 누군가에게는 조금의 기다림과 여유도 주지 않는다.

아이스크림 가게에서 아르바이트를 했을 때 반말을 하며 무리한 요구를 하는 무례한 손님한테는 웃으며 응대했지만 다른 어떤 손님보다 더 신중에 신중을 더해 집중해서 아이스크림을 펐다. 거의 정량에 가깝게 맞춰 주고 싶었기 때문이다. (원칙상 한 번 푼 아이스크림은 덜어 낼 수 없기에 그것이 나의 소심한 복수였다.) 이런 작은 감정 한 스푼에도 태도가 한순간에 달라

지는데, 세상에 정말 완벽하게 평등하고 고른 기회와 혜택이 있는 걸까? 나도 모르는 사이에 그런 감정들의 차이로 혜택을 받거나 반대로 손해를 보면서 살지 않았을까?

실례가 되지 않는 선까지 할 말은 해야겠지만, 감정적으로 무리하지 않은 작은 매너와 미소는 돈 한 푼 안 들이고도 딱딱한 분위기를 부드럽게 만든다. 무언가를 결정할 일이 생길 때마다 마음속 한 스푼의 감정을 염두하려 한다. 다른 사람에게 피해가 가는 일이 없도록 편견 없이 판단하고 바라보고 싶다. 반대로 감사해야 할 사람에게 표현하지 못했던 닫혀 있던 마음을 조금 더 열어 보고 싶다. 다정한 말 한마디가 나를 혹은 그 사람과의 관계를 다르게 만들어 줄 수 있을지도 모르니까.

11

가볍지만 따뜻한 마주침으로

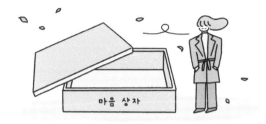

가끔 마음이 텅 빈 것처럼
쓸쓸할 때는
옷을 걸치고 밖으로 나선다.

〈 항상 주문하는 메뉴 〉
: 양념치킨 반 마리 포장 (땅콩가루 많이)

187

동네 치킨집에 들러 치킨을 사고

자주 가는 편의점에도 들른다.

항상 집으로 가는 길을 돌아서

지정 좌석에 앉아 있는 강아지도 만난다.

그렇게 풍성해진 양손과 따뜻해진 마음으로
집으로 돌아온다.

별거 아닌 것 같지만 익숙한 마주침으로도
텅 빈 마음이 조금은 채워지는 오늘.

나는 이 소박한 마음 한 조각이
조금 그리웠었나 보다.

"오늘은 통신사 할인 안 하세요?"

집 바로 앞에 있는 마트에 갔다가 직원분이 할인 적립을 물어 봤다. 갈 때마다 할인을 받았는데 그날은 핸드폰을 두고 갔더니 그걸 기억하신 거다. 이후로는 집 가는 길에 직원분과 눈이 마 주치면 인사도 드리고 안부도 나눈다. 자주 가는 동네 치킨집은 배달은 안 되고 포장만 되는 곳인데 깨끗하고 저렴한데다 반 마 리 포장이 되니 나에게 정말 딱 맞는 가게다. 이 가게도 자주 가 다 보니 내가 항상 주문하는 메뉴를 알고 계신다. 낯가림이 있 는 나도 2년 넘게 이용하니 기다리면서 먼저 간단하게 안부를 묻거나 가게 하면서 궁금했던 것들을 물어볼 정도로 낯이 두꺼 워지고 편해졌다.

책상에 10시간 이상 앉아 작업해도 나름대로 집에서도 행복 하게 잘 지내고, 혼자서도 재밌는 하루를 보낸다고 생각했다. 그런데 어떨 때는 그림과 씨름하느라 적막한 집에서 하루 종일 덩그러니 앉아 한마디도 안 하고 보낸 오늘의 외로움이 파도처 럼 확 밀려들면서 마음이 헛헛해진다. 그럴 때는 바로 일어나 스트레칭을 하고 간단하게 씻고 동네 투어를 하러 밖을 나선다.

단골 가게에서 산 먹거리를 한아름 들고 동네 한 바퀴를 돌면서 물들어 가는 노을과 부지런히 움직이는 사람들을 보며 집 안에서는 몰랐던 세상을 구경을 한다. 바로 집으로 가지 않고 인테리어 가게에 들러 항상 진열장에 올라가 있는 강아지와 인사를 한다. 문 틈으로 들이미는 코에 손 냄새를 맡게 해 주며 한참을 서로 마주 보다 집으로 돌아온다.

풍성한 식탁과 가볍지만 작고 소소한 마주침으로 허전했던 마음이 조금은 차올라 위로가 된다. 숨이 푹 죽은 것 같던 마음에 분무기를 뿌린 것처럼 마음의 숨이 다시 살아난다. 대학생 때 밤을 새면서 과제를 할 때가 많았다. 한숨도 못 자고 완성을 해야 한다는 게 너무 힘들고, 아침 수업까지 완성해서 가져 갈 수 있을까 걱정하며 새벽을 지새울 때 의지가 된 건 새벽을 밝히는 다른 건물들의 불빛이었다. 이름 모를 누군가도 이 새벽에 안 자거나, 혹은 못 자고 깨어 있다는 걸 확인하는 것이 새벽을 버티는 힘이 됐었다.

저녁 늦게 손님이 없는 가게를 홀로 지키고 있으면 뚝 떨어진 섬에 홀로 남겨진 것처럼 무서울 때가 있다. 그럴 때는 괜히 문

앞에서 기웃거리며 주변 가게들의 불빛을 보고, 도로를 달리는 차도 구경한다. 친한 사이도 아니고 내 옆을 든든히 지켜 주지도 않지만 그들의 인기척만으로도 안심이 된다. 항상 오는 단골 손님이 일주일 넘게 가게에 오지 않으면 괜히 걱정이 되고 안부가 궁금해진다. 깊은 사이는 아니더라도 인사와 안부를 나누고 얼굴을 기억하는 가벼운 관계는 어울림을 알게 해 주는 기본 양식이자 사람답게 만드는 윤활유 같은 역할을 한다.

아무리 세상을 혼자 살아간다고 해도 완전한 혼자는 쓸쓸하다. 어느 영화처럼 인류가 멸망한 지구에 혼자 남게 된다면 나는 온전한 정신으로 과연 얼마나 버틸 수 있을까. 깊고 끈끈한 사이는 아니어도 간접적으로 많은 이와 서로 연결되어 살아가고 있다. 어려움이 오면 같이 위기를 겪었다가도 봄이 오면 모두가 행복해하며 따뜻한 봄을 만끽한다. 서로의 자리에서 관계와 인연들이 소소히 짜여 엮이면서 살아간다는 건 어쩌면 정말 감사한 일일지도 모른다.

12

분위기의 농도를 조절하려는 자의 최후

나에게는
특이한 능력이
하나 있다.

바로~
바로...

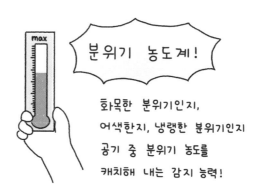

분위기 농도계!

화목한 분위기인지,
어색한지, 냉랭한 분위기인지
공기 중 분위기 농도를
캐치해 내는 감지 능력!

분위기가 좋고 시끄러우면
대화를 주도하기보다 청중이 되어서
호응하고 들어주며 농도를 조절하고

이런 상황에서는 어색한 분위기를
참지 못하고 나서서 분위기를 띄운다.

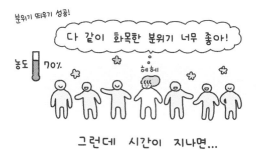

그런데 시간이 지나면...

어느 순간 나만 모르는 기류들이 일어나고 있다.

〈호감 감지기〉
상대의 호감을 감지하고 내 호감을 표시할 수 있는 능력.

몇 번의 경험 끝에 알게 됐다.

나는 분위기 파악만 잘할 뿐,

호감 감지 능력은 없다는 것을...!!ㅠ

나는 튀는 게 싫다. 먼저 나서는 것도 잘 못하지만, 모든 사람이 나에게 주목하고 관심을 주는 것도 부담스럽다. 이런 내향적인 성격이면서 하필 어색함을 참지 못한다. 어렸을 때부터 눈치를 많이 보면서 살았기 때문일 수도 있고, 태어나길 예민한 성격으로 태어나서일지도 모르겠지만, 모임의 분위기가 좋고 나쁜지 기가 막히게 감지를 잘한다.

감지만 하면 그만인데, 나는 모임의 분위기가 '적정 분위기 농도' 안에 들어가 있어야 마음이 편안해진다. (100퍼센트가 최고 농도라면, 대략 60~70퍼센트가 딱 좋다.) 화기애애한 분위기에서는 농도가 90퍼센트이니 최대한 듣기만 하는 리액션 좋은 방청객이 된다. 내가 굳이 농도를 올리지 않아도 될 것 같고 오히려 과열된 농도를 낮춰 밸런스를 맞춰야 한다는 생각에 먼저 말을 꺼내지 않는다.

반대로 나처럼 낯가림이 심하거나 어색한 사람들끼리 처음 모인 자리에서는 불편한 공기를 참지 못한다. 무슨 말을 꺼내야 할지 몰라 다들 머뭇거리고, 행동 하나하나가 조심스러운 게 느껴지니 온몸에 닭살이 일어나는 것 같고 시선을 어디다 둬야 할지 모르겠다. 누구 한 명이 나서서 진행을 해 주면 좋겠는데 아무도 나서지 않는다. 비상! 비상! 분위기 감지기에 비상벨이 울려 댄다. 내가 망가지더라도, 활발한 척을 해서라도 이 얼어붙은 분위기를 우선 깨고 싶다.

그렇게 이 사람 저 사람에게 조심스럽게 말을 건네고, 각자에게 알아낸 간단한 정보를 소개해 주고, 사람들이 묻지도 않은 내 정보를 쏟아 낸다. 사적인 정보를 마구 흘려서 대화를 트기 좋고 편안한 분위기를 만들려는 계획이다. 주책이다 싶을 정도로 시답지 않은 농담도 하고, 주절주절 온갖 이슈들로 끊임없이 대화를 이어간다.

분위기가 조금씩 풀리고, 모임의 분위기 농도가 올라갈 쯤에는 어쩐지 나도 모르게 한두 명씩 커플이 생겨 있다. 재주는 곰이 부리고 돈은 주인이 받는다고 모두가 커플이 되어 가는 동안 내가 괜찮다고 생각했던 사람은 나에게 관심도 없다. 그동안 내가 모임 사람들에게 보여 준 언행은 우스꽝스럽고 특이하기만 했지 매력적이지는 못했다. 게다가 나는 사람들과 어울리는 것이 좋아 여러 사람과 두루두루 어울렸지만, 다른 사람들은 나보다 더 깊은 친밀감으로 마음이 맞는 사람과 어울리며 따로 연락을 하고 있었다.

한 가지 주제를 가지고 만나는 모임인데 다들 어떻게 교류를 주고받으며 알게 모르게 사귀기까지 하는지 모르겠다. 나는 모임을 나가면 그 모임에서 하는 활동과 사람들끼리 어울리는 게 좋아서 열심히 활동만 하기 때문에 나중에 연애 소식을 들으면 화들짝 놀란다.

'우리 같이 영화 보는 모임이지, 연애하자고 모인 게 아니잖아요?!'

그제서야 땅을 치고 후회해 봤자 또 다른 모임에 가면 분위기의 농도를 감지하고 같은 실수를 반복할 것이 뻔하다. 다른 사람들은 평상시에도 '호감 표시 능력'이 자동으로 켜진 채 생활하는 느낌이라면, 나는 특정 사람을 본격적으로 만나는 상황에서만 버튼을 켠다. 분위기 파악은 이제 충분하다. 다른 분위기를 감지하는 능력이 절실히 필요하다.

13

인싸가 되고 싶은데

여러 명이서 함께 어울리는 사람들이 부러워

여러 모임에 들어간 적이 있다.
(지역 소모임, 그림 모임, 공연 모임 등등)

어울리려고 보니

밖에서는 몰랐던 그 안의

사정이 보이게 됐는데

(뒷담화, 헛소문으로 편이 갈림)

(지나친 이성 간의 사교적인 분위기와 경쟁구도)

모든 모임이 그런 건 아니지만

그 안에 엮인 관계가 생각보다 복잡하고 피곤했다.

가끔 가게에 들러
간식을 먹고 가는 고양이.

아무래도 난 이렇게 혼자 보내는
평화로운 오후가 더 좋다.

"음… 잠깐만, 그날은 약속이 있어서 다음 주 일요일은 어때?"

"다음 주는 주말에 애인이랑 놀러 가기로 해서 그 다음 주 금요일 저녁은?"

오랜만에 친구들과 약속을 잡으려고 하니 스케줄을 조정하느라 정신이 없다. 이때 대화를 가만히 보고만 있던 내가 말한다.

"난 아무 때나 괜찮아~ 너희가 날짜 잡으면 나중에 말해 줘!"

친구들과의 만남이 우선이어서가 아니라 정말 어떤 약속이나 스케줄이 없다. 아는 사람도 몇 없고 이것저것 활동을 하지 않아서 참 한가한 사람이다. 그래서 약속이 많은 사람들을 보면 부럽고 신기하다. 대체 어디를 그렇게 다니는지 궁금해서 물어보면 생각보다 다양한 만남을 갖고 있다. 돌아다니는 걸 좋아하는 친구는 캠핑 모임에 나가고, 스키를 좋아하는 친구는 대학동기와 날짜를 정해 두고 스키장을 다니고, 한 친구는 직장 부서 내 친한 사람들끼리 계모임을 하고, 초등학교 동창이랑도 연락하며 주기적으로 만난다고 한다.

성별 가리지 않고 한자리에서 편하게 노는 게 부럽다. 그들은 같은 나이나 비슷한 직업이 아니더라도 상관하지 않고 같은 취미를 공유한다. 다양한 사람들과 금방 친해지고, 친해지고 싶은 사람에게 스스럼없이 다가가 이야기를 편하게 나누는 모습이 되게 멋있기도 하다. 나는 혼자 그림 그리는 게 일상이니 사람들과의 만남도 적고 만나는 사람만 계속 만난다. 그래서 몇 년 전, 용기 내서 들어간 모임 몇 개는 생각보다 친해지기 힘들었고 친해지고 나서도 잡음이 있었다. 한 취미 모임은 일정이 있을 때마다 나갔지만 모일 때마다 오는 사람들이 달라졌고, 한 달에 한두 번 만날까 말까 한 사람들과는 더 깊게 친해지기가 힘들었다. 또 다른 모임은 이미 친목이 형성되어 있어 분위기가 좋았다. 나도 따로 만들어진 단체 카톡방에 참여할 만큼 어느 정도 친분을 쌓았지만 기존에 친했던 사람들끼리의 문제로 모임이 해체되었다.

인싸가 부럽긴 한데, 인싸가 되는 과정은 참 어렵고 불편하고 괴롭다. 다양한 사람들과 어울리고 친한 사이가 되는 건 아무나

하는 게 아닌 것 같다. 무리 안에서 여러 사람의 말이 뒤섞인 소리를 들으면 피로도가 올라간다. 관심이 없는 내용은 공감이 되지 않아 소음처럼 느껴진다. 탐색하는 듯 알게 모르게 훑는 듯한 시선을 받으면 나를 전시하러 온 건가 싶어 현자 타임이 찾아온다. 역시 나는 인싸는 아닌 것 같다.

   단발적으로 모이는 모임과는 안녕을 고했다. 자주 보는 친구들과 하나 남은 모임만 신경 쓰기로 했다. 아직도 스케줄이라고 할 것도 없는 무료하고 인기 없는 심심한 삶이 계속되고 있지만, 가게 앞을 기웃거리는 겁 없는 고양이에게 간식을 주며 서로가 서로를 알아보는 것만으로도 기분이 좋다. 가끔 만나는 오랜 친구와 두런두런 속삭이듯 나누는 우리끼리만 아는 옛 추억 이야기가 더 재밌다.

14

푹 빠져 보고 싶어!

여러 가지 다양한 것에
관심을 갖고 싶은데

나도 모르게
이거에만
자꾸 손이 가네

결국 한 가지에만 관심이 가고

언빌리버블!

매력에 빠져 하루 종일 그 생각만 하다가도

저걸 내가
언제 좋아했더라?
낯설다...

내가 언제 그랬나 싶게 마음이 식는다.

나도 누군가와
알콩달콩 하고 싶다가도

이렇게 혼자인 것도 나쁘지 않은 것 같다.

얼얼하고 매운 마라탕이 꽤나 오래도록 인기다. 다들 맛있다고 난리기에 호기심이 생겨 마라탕을 먹으러 갔다. 한 입 먹으니 매운 것뿐만 아니라 느끼했고, 국물에서 올라오는 향이 나랑은 영 맞지 않았다. 도대체 이 음식이 왜 인기 있는지 알 수 없었다. 그런데 점점 인기가 폭발하더니 여기저기서 '마라 중독'이라며 극찬을 했다. 집 근처에도 마라탕 가게가 우르르 생겼다. 열기가 식지를 않으니 내가 판단을 잘못한 건가 싶어 한 번 더 도전해 보기로 했다. 처음 먹은 곳이 잘 못하는 가게일 수도 있고, 이색적인 맛에 어색한 느낌이 들어서 그런 것 같아 이번에는 유명한 가게에서 여러 재료가 볶아서 나오는 '마라 샹궈'를 먹었다.

과연 맛집의 마라 맛은? 역시나 내 입맛에 안 맞았다. 나는 유행하는 것에 관심은 많은데 유행에 잘 휩쓸리지는 않는다. 단지 이게 왜 유행인 건지 이유가 궁금하고 무엇 때문에 사람들이 열광하는지 알아야 마음이 편하다. 그래서 유행하는 것들을 전반적으로 알고는 있지만 전부터 좋아했던 것들이 유행이 된 몇 가지 빼고는 유행이라는 이유만으로 좋아지지는 않는다.

어린 시절 '꿈돌이'라는 캐릭터가 열풍일 때도 난 꿈돌이가 별로였고, 온갖 캐릭터들이 나오는 '포켓 몬스터'가 나왔을 때도 그랬다. 심지어 '펭수'가 나왔을 때도 영상 하나하나 다 찾아봤지만 아쉽게도 펭수의 매력에 빠지지 못했다. 내가 주로 빠지는 건 음악이나 스토리가 있는 제작물이어서 재밌게 본 드라마나 책의 스토리와 주인공에게 빠져 하루 종일 장면과 대사를 생각하며 주인공에 빙의해 본다. 그러다가 시간이 지나 그 감정이 연소되면 언제 그랬냐는 듯 주인공 이름과 심지어 작품의 제목도 가물가물해진다. 음악도 한 곡에 빠지면 가사를 외우려고 메모지에 적어 주머니에 넣어 다니며 틈날 때마다 꺼내 불러 보며 질릴 때까지 무한반복으로 듣는다. 그렇게 듣다가 질린 노래는 앞 전주만 흘러나와도 끄고 몇 년간은 안 듣는다.

관심이 가는 사람이 생기면 혼자 상상의 나래를 펼친다. 내가 이런 행동이나 이런 말을 하면 상대방이 어떻게 반응할까 계속 생각한다. 지나가면서 나에게 건넸던 한마디를 토씨 하나 빠뜨리지 않고 기억하고 그 기억을 반복 재생하면서 설렜던 기억을 곱씹는다. 그리고 그와 나눈 메시지를 틈 날 때마다 처음부터 정독한다. 단어와 이모티콘 하나하나까지 분석한다. 하지만 부지런히 읽고 빨리 나와야 한다. 혹시 나한테 메시지를 보내는 중이면 내가 바로 읽었다는 표시가 떠서 내가 대화 창에 들어와 있다는 사실을 눈치 챌 테니까. 상대는 누구한테나 똑같이 행동했을 건데 왠지 나한테 한 행동에는 시그널이 숨어 있을 것만 같다.

그런데 이건 내 마음속의 급발진된 감정일 뿐. 그 사람과의 관계를 객관적으로 파악하면 그냥 아는 사람, 그 이상도 그 이하도 아니다. 누구에게나 친절한 사람의 행동을 나에 대한 호감이라고 착각하면 안 된다. 실제 연인이 되어 내가 상상한 달달하고 열정적인 사랑을 하고 싶기도 하지만 잘 알고 있다. 잘될 확률은 아주 희박하며 이 호감은 보통 2주 정도가 지나면 금세 사그라진다는 것을. 사람에 대한 호감이었다기보다 그날의 분위기와 그 순간이 나를 설레게 했다는 것을.

그런 내가 평생을 질리지 않는 게 한 가지 있다. 신기하게도 그림 그리는 것은 지겹지 않다. 그림을 그리는 동안은 새로운 세계를 창조하는 느낌이 든다. 완성된 그림을 보면 온몸이 짜릿하고 평범했던 오늘 하루가 특별하고 의미 있는 날이 된다. 유치원 때부터 그림 그리는 걸 좋아했는데 오랜 시간이 지나 아직까지 싫증이 나지 않는다는 건 참 신기한 일이다. 하는 일이 '그림 그리기'인데, 쉬는 것도 '다른 그림 그리기'라니. 잘 그리고 싶은 욕심도 많고 다른 사람의 그림에 대한 질투도 많아서 그림의 신이 있다면 내 영혼을 팔아서라도 멋진 그림을 그리고 싶다.

이런 마음이 사람한테도 들면 그걸 사랑이라고 할 만하지 않을까. 사람들은 그런 마음으로 서로를 사랑하며 살고 있을까? 내가 평생을 사랑할 사람이라고 느낀다는 것은 어떤 기분일까? 궁금증이 쌓이는 저녁이다.

15

생일을 축하합니다

새 해가 되면

새 탁상 달력을 펼치고

가장 먼저 내 생일에 표시를 한다.

시간이 지나

생일의 내가 이 표시를 발견하고
행복한 하루를 보내길 바라며

받아라 나의 에너지를!

닿아라 너를 향한
내 마음을!!

과거가 될 현재의 내가
미래의 나를 향해 마음을 남긴다.

생일파티라는 걸 인생 통틀어 딱 두 번 해 봤다. 첫 번째는 초등학생 때 엄마가 집에서 차려 준 생일파티고, 두 번째는 중학생 때 친구들이 방과 후에 해 준 깜짝 생일파티다. 친구들이 복도에서 교실 안으로 케이크를 들고 노래를 부르며 등장한 적이 있었는데, 정말 기뻤다. 생에 처음 받는 깜짝 이벤트였다. 잘 나가는 하이틴 영화 속 주인공이 된 것만 같았다. 아침에 가족에게 생일 축하한다는 말도 없었고, 미역국도 먹지 못한 채 학교에 간 날이어서 더 감동받았다. 친구들과 교실에서 케이크를 나눠 먹고 한참을 놀다 오후에 집으로 돌아가면서 상상했다.

'집에 돌아가면 엄마가 깜박했다면서 미역국이랑 맛있는 거 해 놨겠지? 내가 아주 난리를 한 번 쳐야겠다. 어떻게 딸 생일을 까먹을 수가 있어? 친구들은 오늘 케이크까지 준비했는데!'

하지만 집은 캄캄하니 아무도 없었다. 교복도 벗지 않고 불도 켜지 않은 채 거실에 쭈그려 앉아 몇 시간 동안 멍하니 텔레비전을 봤다. 분명 아침까지만 해도 생일 하루 잊은 걸로 기분이 그렇게 상하지는 않았었는데 집으로 돌아와 텅 빈 집에 혼자 있으니 점점 우울해졌다. 나중에 들어온 부모님이 심각한 분위기를 눈치 채고 정말 미안해하셨고, 그 이후로는 절대 생일을 까먹지 않으셨다. 나도 생일 몇 주 전부터 생일이 다가오고 있다고 계속 말하고 다녀서 다행히 지금까지 미역국은 얻어 먹고 있다.

학생 때만 해도 친구들끼리 서로 생일 선물을 주고받으며 살뜰이 챙겼는데 10년이 넘어가니 서로 안 주고 안 받는 규칙이 자연스럽게 자리 잡혔다. 축하와 선물을 받아도, 상대가 내 생일을 알면서 축하를 안 해 줘도 두 가지 상황 모두 불편한 마음이 들었다. 그래서 내 생일을 기억하지 못하게 카카오톡에 생일 표시 기능을 꺼 놨다. 이제는 가족끼리 아침에 간단히 미역국만 먹고 다른 날과 크게 다를 것 없이 지나가도 아무렇지 않다. 다른 사람이 생일을 축하해 주지 않아도 그럭저럭 덤덤해지는 나이가 되었다.

조용히 지나가다 보니 나조차도 내 생일이 별다를 게 있나 싶어 아무 생각 없이 지나간다. 다른 사람이 챙겨 주지 않더라도 내가 나를 충분히 칭찬해 줄 자격이 있는데 말이다. 새해가 되기 전에 은행에서 보내 주는 탁상 달력이 있다. 펼치면 제일 먼저 내 생일에 하트를 뿡뿡 그려 넣고 짤막하게 축하 글을 쓴다.

태어나 줘서 고마워.
그동안 정말 잘 버티고 살아 줘서 고마워.
○○아, 생일 축하해!

시간이 지나 내가 어떤 글을 썼는지 가물가물해져 잊힐 때쯤, 생일에 살고 있는 내가 이 글을 발견하고 행복하길 바라며 과거가 될 지금의 내가 미래의 나를 향해 마음을 남긴다.

사람은 숨만 쉬고 있으면 어떻게든 살아지는 거라고 생각했는데, 지나고 보니 그렇게라도 살아 있는 게 제일 어려운 거였다. 떵떵거리며 사는 날보다 이리저리 치이며 사는 날이 수두룩한데, 365일 중에 '나의 날' 하나는 있어도 되지 않을까? 세상에 태어나 어떤 형태로든 살아 낸 나를 진심으로 축하해 주고 싶다. 그렇게 생각하니 생일을 맞이한 사람 한 명 한 명 모두 소중한 사람이다. 주변 사람들의 생일만큼은 축하해 주어야겠다. 이번 해부터는 최근 한두 달 사이에 연락하고 지낸 사람들에게 카카오톡으로 선물을 보내기 시작했다. 아직 형편이 좋지 않기도 하고 받은 사람이 다시 선물을 줘야 한다는 부담감을 느낄 수 있으니 비싼 선물 말고 소소한 쿠폰으로 마음을 작게나마 전달한다.

이 글을 읽고 계신 여러분, 우리가 이렇게 각기 다른 날에 태어나고 자랐는데도 이 책을 같이 읽고 있으니 얼마나 기적적인 탄생과 인연인가요? 여러분의 올해의 생일, 지나갔다면 앞으로의 생일을 진심으로 축하드립니다. 생일에는 일어나자마자 생일 댄스를 추며 우리의 위대한 탄생일을 축하합시다!

3장

꿈을 꾸는 현실주의자

#01.
감당한다는 것

눈물이
날 것 같고

그냥 다 놓고
사라져 버리고
싶어도

내 인생은 결국 이어지고
그 책임과 뒷수습은
모두 나에게 있다는 걸
이젠 알고 있다.

... 젠장

강해지자...

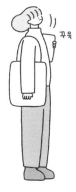

꾸욱

그러니
눈물을 참고
자리를 지킨다.

살기로 했으니
지금 이 삶을
감당한다.

혹시 나는 회피형 인간인 걸까? 지금까지 한 번도 회피적 성향이라고 생각해 본 적 없는데 문득 맞지 않을까라는 생각이 들었다. 회사를 어렵게 들어가 놓고는 몇 번이나 몇 개월 만에 나가 버리고, 가게도 몇 년을 운영하다 정신적으로 지치자 견디지 못하고 서둘러 그만뒀다. 연애도 마찬가지였다. 상대가 더 이상 나를 좋아하는 것 같지 않으면 혼자 미리 마음을 정리했다.

회피형이어서 그런지, 마음이 나약해서인지는 잘 모르겠다. 힘든 순간이 오면 그 순간을 마주하지 못하고, 미루고, 외면하다가 더 큰 힘든 순간이 오기 전에 미리 도망갈 준비를 하고 관계를 정리해 버렸다. 그렇게 사니 순간의 고비는 넘겨 안전한 선택을 한 것 같지만 행적을 뒤돌아보면 이도 저도 아니게 벌려 놓은 과거의 잔해만 가득 남아 있었다. 무기력하고 우울해서 방을 아예 치우지도 않고 처박혀 있던 날들을 떠올려 본다. 당장 귀찮다고 쓰레기를 바닥에 버렸다. 쓰레기는 그 누구도 치워 주지 않았다. 다른 쓰레기가 그 위에 계속해서 쌓일 때마다 점점 밑으로 깔릴 뿐이었다. 쓰레기도, 입었던 옷도, 물건들도 그냥 보이는 데 쌓아 올려 둬서 방은 정말 난장판이었다. 그 당시 방의 모습처럼 내 상태도 난장판이었다.

'아, 몰라. 다 귀찮아. 어떻게든 될 대로 되겠지.'

이런 생각으로 그냥 나를 놓아 버렸다. 하지만 그렇게 놓아 버린 내 삶은 누가 바로잡아 주지 않는다. 치우고 쓸고 닦는 것도 다 내 몫이다. 어린아이가 아닌 이상, 더욱이 성인이 된 지 한참 지난 지금, 내 인생은 결국 계속되고 책임과 뒷수습은 모두 나에게 있다는 걸 알고 있다. 내 삶은 내가 정하고, 정한 삶은 끝까지 견디고, 결과에 항상 책임을 져야 한다.

코로나19로 인해 하는 일에 영향을 많이 받고 있다. 전부터 수익은 그저 그랬지만 요즘은 더 심각해져 하루에도 몇 번씩 때려치우고 싶은 마음이 든다. 그래도 눈물을 참고 자리를 지킨다. 살기로 했으니 지금 이 삶을 감당한다. 이렇게 한 달을 견디고, 또 이번 달 생활비와 카드값, 각종 세금을 낸 나를 칭찬한다. 이제야 조금 사람이… 아니 어른이 된 것 같다.

이 사람 저 사람 말은 듣기만 합시다

... 오키!
우선 접수.

삶의 방향과 목표가 흔들릴 때,
여기저기 들리는 조언은 우선 들어만 두자.

어떤 해결책에도 반대되는 의견은 있다.
반대의 내용이 있다는 건
그 조언들은 100% 완벽한 해답이
아니라는 뜻이기도 하다.

여러 조언보다 더 중요한 것은,

내가 뭘 원하는지 나 자신을 먼저

애정 있게 들여다봐주는 것이다.

처음 겪는 일이나 중대한 삶의 기로에서 결정해야 할 때, 사람들은 자연스럽게 성공한 사람의 경험과 조언에 귀를 기울인다. 예를 들어 한 연예인이 오랜 무명 생활을 하다가 뒤늦게 연기력을 조명 받아 대스타가 되어 지금은 무명 생활보다 더 긴 시간을 사랑받는 이야기나, 아예 연예계를 나와 지금까지 했던 일과 다른 일을 해 더 만족스러운 삶을 사는 이야기에 흔들린다. 이런저런 삶의 성공 사례들을 보면 잘된 경우도, 망한 경우도 있어서 어떤 선택이 나에게 맞는 건지 모르겠다. 누군가는 상황을 빨리 파악하고 지금 잘되는 쪽으로 방향을 틀라고 하고, 누구는 할 때까지 해 보라고 한다. 현실적으로 먹고사는 게 중요하다고 하는데 누구는 꿈을 잃지 말라고 당부한다.

지금 하는 결정에 따라 앞으로의 인생이 어떤 방향으로 갈지 모르기 때문에 고민만 수십 번하고 결정은 망설인다. 기회는 여러 번 있다고 하지만 시간은 되돌아오지 않으니 최대한 실패를 줄이고, 나에게 맞는 좋은 선택을 해서 위험을 줄이고 싶다. 어떤 말에 귀를 기울여야 할까? 어떤 선택을 해야 살아남을 수 있는 걸까? 내 인생이 선택에 따른 정확한 경우의 수와 결과가 정해져 있는 게임이라면 여러 개의 목숨으로 여러 번 재생해 결과를 확인하고, 내가 원하는 결말을 선택하고 싶다.

 지금까지도 그림 그리는 사람으로 사는 게 과연 옳은 선택일까 생각한다. 하고 싶은 일을 하고 있지만 불안정한 생활도 같이 따라왔다. 그리는 삶을 살지 않았다면 어땠을까? 적성에 맞는 곳에 운 좋게 취직해 회사를 계속 다녔으면 지금쯤 직급도 달고 일정한 월급을 받으며 지금보다 안정적이고 착실하게 돈을 모았을 것이다. 그럼 마음이 조금은 여유로워져 잘 먹고 잘 살고 있지 않을까 싶다. 하지만 그림을 포기한 안정적인 삶을 살아도 완전히 그 삶에 만족하지 못했을 것이다. 창작 활동을 하고, 결과물이 만족스럽게 완성되어 좋은 평을 받을 때의 쾌감과 희열이 얼마나 사람을 미치게 하는지 너무나 잘 알기에 그림을 포기했다면 평생 후회했을 것이다. 몇 번이나 포기하려고 했던 그림을 다시 선택하며 깨달은 건, 어떤 쪽을 선택하든 그 분야의 사람들과 경쟁하려면 그들보다 더 노력해야 하고, 그만큼

의 노력을 한다고 무조건 성공이 따라오지 않는 것을 인정해야
한다는 것이다.

어떤 선택을 하든 포기하는 것에 대한 아쉬움과 후회는 자연
스레 따라온다. 그러니 삶의 방향과 목표가 흔들릴 때, 각각 다
른 기준에서 해 주는 조언은 무조건 따라야 하는 절대적인 게 아
니라 어느 한쪽의 의견일 뿐이라고 마음을 열어 두기로 했다. 누
군가의 성공한 사례는 예시일 뿐, 나는 그 사람이 아니기에 똑같
은 성공을 만들어 낼 수 없다. 선택의 책임은 나에게 있다. 그러
니 고민과 결정의 순간이 올 때는 여러 조언과 의견을 내 안에
잘 축적해 두고 내가 진짜 원하는 것, 나중에 포기하면 가장 후
회할 것이 무엇인지 더 많이 생각해 보기로 했다. 나는 오늘도
나를 연구한다. 내가 뭘 원하는지, 뭘 더 잘하고, 뭘 더 중요하게
생각하는지 내면의 소리를 주의 깊게 애정을 담아 들여다보기
로 했다. 이 사람 저 사람이 하는 말은 참고만 하기로 했다.

진심으로 웃고 울고 싶은 날

오랜만에 모임 자리

기쁨 & 행복
농도 60%

즐거운데

항상 잔류 중인
근심 30%

그럭저럭 즐겁다.

우울한데

대충 견딜 만하다.

완전히 우울하지도, 행복하지도 않은 하루.

애매하고 복잡한 감정으로 사는 건
뭔가를 잃어버린 것처럼 조금은 공허해.

이게 어른이 되는 거라면,
어른은 참 쓸쓸한 거구나...

양말을 벗어 보니 발목이 밴드 부분에 깊게 눌려 있다. 다리
가 또 부었다. 평소보다 조금만 짠 걸 먹어도, 늦은 시간에 먹어
도, 화장실을 하루만 못 가도, 얼굴과 몸의 탄력이 늘어지며 몸
전체가 부푼 느낌이 든다. 근육이 무언가에 눌린 듯 찌뿌드드하
고 눈 뜨기도 불편하다. 뭔가 해소되지 못하는 느낌이다.

　몸이 붓는 것처럼 가끔 감정도 붓는 날이 있다. 근심과 걱정,
약간의 우울이 뒤얽혀 내 안의 나를 탱탱 불리는 것 같은 날. 오
랜만에 친구들과 만나기로 약속한 날에 이런 마음이 들면 참 애
매하다. 약속을 깨기엔 하찮게 여기고 싶은 감정이고, 다른 사
람에게 시시콜콜 말하기엔 참 애매한 감정이다. 이 감정에 휘둘
리고 싶지 않아 아무렇지 않게 친구들을 만나러 나가 근황을 이
야기하며 밥을 먹고, 카페에 갔다가 소화도 시킬 겸 노래방에
가서 막춤을 선보이며 다 같이 노래를 부른다. 친한 사람들이
웃으면 나도 덩달아 웃음이 나고, 밝은 척을 하다 보면 저절로
마음이 밝아진다. 알고 지내던 언니에게 처음으로 내 속마음을
털어놨을 때 그녀는 엄청 의아해했다.

"네가 이런 마음을 가지고 있는 줄 몰랐어. 만났을 때 그런 느낌이 하나도 안 들었거든."

소중한 사람, 좋은 사람, 즐거운 사람을 만나면 그 시간이 무척 소중하고 재밌다. 분명 즐겁고 행복하긴 한데 마음 안쪽에 자리 잡은 근심 때문에 비누 없이 물로만 세수한 것처럼 개운하지 못하다. 마음속 남겨진 작은 불안이 실바람에 이리저리 굴러다닌다. 가끔은 아무 생각 없이 불안이 싹 날아갈 정도로 큰소리로 웃고 싶다. 아니면 내 안의 슬픔 단지를 내던져 와장창 깨트리고 휴지가 흠뻑 젖도록 펑펑 소리 내어 울고 싶다.

완전히 우울하지도 행복하지도 않은 하루. 일할 때는 이런 애매한 감정을 가지고도 아무렇지 않게 하루를 거뜬히 살아 낸다. 그래도 돈은 벌어야지, 일은 해야지. 이러는 내가 전보다는 무던해지고 덤덤해졌나 싶어 대견하다가도 뭔가를 잃어버린 것처럼 쓸쓸하고 공허해진다. 이게 어른이 되는 거라면, 어른이 되는 건 참 외롭고 쓸쓸한 것 같다.

04

아는데, 남한테 듣고 싶진 않아

나는　바보다.

바보가
확실하다.

안녕하시렵니까 저는 삼각바보예요... 바보라 불러 주세요...

젠장... 인생 흑역사 또 만들었다...

따다흑!

짜짜

진짜 바보네 바보.

뭐 인마?

근데 막상 남이 날
그렇게 평가하면
그건 그거대로 기분 나쁨.

대학을 졸업하고 한 회사에 신입으로 취직했을 때 실수를 정말 많이 했다. 입사하는 날 사수도 없이 바로 일을 줬는데, 학교에서 배운 것들은 실전에 전혀 쓸모가 없었고, 학원에서 익힌 것들을 업무에 활용하는 건 하늘과 땅 차이라 정말 막막했었다. 오래전에 그만둔 직원의 전화번호를 어렵게 구해 업무를 물어보고, 학원 선생님께 연락해 이것저것 물어봤다. 그분들에게 실례인 건 알았지만 내 코가 석 자라 부끄러움도 잊고 도움을 청했다. 당시 야근을 당연하듯이 했는데도 지금 뭘 하고 있는지 정확히 몰랐다. 당장 마감은 정해졌고, 할 사람은 나뿐이라 이해가 안 가도 어떻게든 해야 했다. 그렇게 엉금엉금 기듯이 하루하루를 버텼다. 일을 해내야 한다는 부담감 때문에 집에서도 쉬는 것 같지 않았고 잠은 거의 들지 못하고 계속 악몽을 꿨다. 잘 해내고 있는 것처럼 굴었지만 실력이 들통날까 봐 상사가 부르면 심장이 떨리고 겁이 났다.

숨통이 조이듯이 일하느라 회사가 어떻게 돌아가는지 전혀 분위기를 읽지 못했다. 입사하고 몇 주 만에 회사에 있던 자동

커피 머신이 사라지고, 직원들이 한두 명 그만둔다는 소식을 들었는데도 말이다. 회사가 점점 망해 가고 있다는 걸 입사한 지 두 달이 됐을 때야 알았다. 사장이 돈을 가지고 날랐다고 했다. 인턴 기간이라며 정식 계약서도 쓰지 못했지만, 경력으로 쓸 만한 게 없어 여기서 일 년은 버텨야겠다고, 그래서 어떻게든 잘하는 모습을 보여 줘야겠다고 악을 썼었다. 결국 사장이 잠적해 월급도 받지 못하고 다시 취직 준비를 했다. 참담했다. 마음이 와르르 무너져 내렸다. 집으로 가는 지하철 구석에 서서 한참을 울었다. 취직 준비만 2년째, 나이는 들어가는데 영세한 회사에라도 붙어서 어떻게든 살아 보겠다고 아등바등한 내가 정말 바보 같았다.

너무 속상해서 친구한테 이 일을 말했다. "나 진짜 바보 같아…. 한두 명 그만둘 때 이유라도 물어볼걸. 어떻게 들어가도 그런 곳만 들어가지?" 이 말을 들은 친구는 "이그, 바보! 그러니까 처음부터 잘 좀 알아보고 들어갔어야지!" 하며 맞장구쳤다. 이상하게 '바보'라는 말을 다른 사람한테 들으니 더 속상했다.

친구는 내가 했던 말 그대로 맞장구친 것뿐이고 위로해 준다고 한 말인 것을 안다. 지금 들으면 상처받지 않았을 말인데 그땐 정말 속상했나 보다.

　실력이 모자랐지만, 그래도 넌 극복해 보려 열심히 했다고. 회사는 잘못 들어갔지만, 넌 어떻게든 버티려고 최선을 다했다고. 야반도주에 월급도 안 주고 망해 버린 회사가 잘못된 거지 취업난에 어디든 들어가고 싶었던 네 간절함이 잘못된 것이 아니라는 위로를 듣고 싶었다. 내가 아무리 자책해도 자책의 크기만큼 나를 사랑하고 있었다. 마음속 또 다른 내가 '잘못한 나'에게 아무리 비난해도 '비난한 나' 또한 스스로 용서할 만큼 나는 나를 열렬히 사랑하고 있었다. 가끔 내 전부 또는 나의 어떤 부분이 싫을 때 그 생각을 누군가가 내 SNS 댓글에 남겼다고 상상해 본다. 내가 너무 못났고 속상하다가도 피가 거꾸로 솟는다면 아직 나를 포기하지 않았다는 증거이자 여전히 사랑하고 있다는 증거다.

#05.

긍정적은 무슨?!

긍정적으로 생각하세요.

긍정적인 생각이 들 근거도, 희망도 없으면
마인드 컨트롤 할 시간이라도 주든가...

사람들은 긍정적인 사람을 좋아한다. 부정적인 나도 긍정적인 사람이 좋다. 옆에만 있어도 긍정적인 기운 덕분에 대화를 나누는 내내 덩달아 기분이 좋아진다. 사람들은 힘든 일을 겪은 사람에게도 긍정적으로 생각하고, 긍정적으로 살라고 말한다. 긍정적으로 살고 싶고, 그런 사람으로 보이고 싶지만 마음을 부정에서 긍정으로 스위치를 돌리듯 한순간에 뿅 하고 바꿀 수 없다. 밝은 사람이 되는 게 소원인데, 진작에 글러 먹은 것 같다.

마음속으로 '앞으로 좋은 쪽으로 생각하자' '잘될 거야' '다 나한테 도움이 되는 말이니까 기분 나빠하지 말자' 하며 진심이지도 않은 거짓 마음을 기도문처럼 되새긴다. 긍정적으로 생각하고 행동하려고 해도 내 인생에 태클을 거는 누군가는 여전히 존재하고, 열심히 살아도 상황은 나빠지는 것 같고, 그 누구도 노력을 알아주지 않는다. 오히려 성과가 없으면 열심히 하지 않은 사람으로 보고, 아무것도 하지 않은 게으른 사람으로 만들어 버린다.

잘될 거라는 타당한 근거와 이유도 찾지 못한 채 막연히 긍정적이기에는 많은 실패를 겪어 자존감이 떨어질 대로 떨어졌다. 의지와 열정은 점점 작아져만 간다. 내 마음을 충전하고 보듬을 시간도 없이 당장 닥친 일을 처리해야 하고 발등에 떨어진 문제를 해결하기 급하다.

긍정적으로 살라고 하기 전에 부정적으로 만드는 요인들을 피할 시간과 기회를 달라! 아무 도움도 기회도 없이 긍정적으로만 살라는 건 너무 어려운 과제 아닙니까?!

#06.

래스팅 시간을 주기로 해

불현듯 불안이 날 짓누른다.

무방비 상태로 불안이 우르르 덮쳐 올 때는
더 악착같이 힘을 내 몰아내고 싶지만

당장 내가 할 수 있는 건 별로 없다.

그저 이 마음이 가라앉길 바라며
가만히... 해가 뜨길 기다리는 것뿐이다.

젠장!

끙 끙

절대 못 놔!!
안 놓을 거야!!!

모든 게 내 뜻대로 되지 않는다는 걸 받아들인다.
악을 쓰고 아등바등거려도 얻을 수 없는 것도
있다는 걸 인정해 본다.

에너지는 감정보단 머리에 쓰자.

마음을 쉬게 해 주자.

당길 만큼 당겼다면,

에라, 모르겠다.

대답은 예상하지 못한 순간,

어떤 형태로든 돌아오게 되어 있다.

잘 안 마시던 커피 한 잔이 생각날 만큼 유난히 피곤한 날이었다. 그래도 저녁에 푹 잘 생각에 꾹 참았다. 쓰러질 것 같은 몸으로 버티고 버티다 퇴근 후 씻고 곧장 침대로 골인했다. 푹신한 이불이 느껴지자 앓는 소리가 절로 나고 뻑뻑한 눈꺼풀 때문에 당장이라도 잠이 들 것 같았다. 그런데 눈을 감고 가만히 누우니 오늘 있었던 이런저런 일이 스멀스멀 떠올랐다. '손님이 인터넷 후기를 남기는 것 같던데 좋은 말을 써 주셨을까? 혹시 내가 불편하게 한 부분이 있었었나?' '요즘 손님이 없네… 다른 사람 버는 것만큼은 못 벌더라도 이 정도 버는 걸로 생활을 유지할 수 있을까?' 같은 걱정들이 꼬리에 꼬리를 물다 불안까지 한 아름 몰고 온다.

'이럴 때일수록 그림을 더 열심히 그려야 하는 거 아니야?' 더 부지런하지 못한 나를 질책한다. '더 일찍 일어나서 출근하고 집에 와서 그림을 그리면 되는데 피곤하다고 눕기 바쁘잖아. 그림 그릴 시간이 없으면 지금 하는 것들이 무슨 의미야?' 결국 내가 사는 이유와 의미까지 생각이 도달한다. '지금 당장 그림으로 돈이 안 벌리는데 이렇게라도 내 생활비는 벌어야지. 능력이 없으면 열심히라도 살아야 하는데 내 몸뚱이는 왜 치열하게 살지 못하는 걸까' 이런 신세 한탄까지 하면 잠은 다 잔 것이다. 에라 모르겠다, 뒤집어 놨던 핸드폰을 다시 켠다.

생각의 무게가 나를 짓누를 땐 잠이 잘 온다는 노래나 명상 소리, 자연의 소리를 찾아 튼다. 두 손을 가지런히 모으고 제발 잠이 들길 간절히 바라도 잠은커녕 곡조에 맞춰 감성이 폭발해 더 심란해진다. 불안을 이기겠다고 문제를 생각하고 걱정하며 나를 몰아세워 봤자 지금 당장 할 수 있는 게 없으니 막막하고 불안감은 더 깊어 간다.

나아갈 방향을 정했다면 하루하루 열심히 최선을 다해 사는 것, 오늘의 실수를 기억하고 내일 그 실수를 반복하지 않는 것, 그런데도 또 실수를 했다면 나를 탓하는 데 에너지를 쓰는 것이 아니라 행동을 고치려고 계속 노력해야 하는 것을 잊어서는 안 된다. 고치고 잘하려고 노력하면서 능력치를 키워야 한다. 내가 하는 노력과 애절함이 바로 성과로 나오지 않는다고 하더라도 해 온 것들이 어디론가 사라지는 것은 아니니 걱정은 조금 뒤로 미뤄 본다.

스테이크를 구울 때는 굽고 나서 '래스팅'이라는 걸 한다. 고기를 구우면 바로 먹는 게 아니라, 구운 뒤 몇 분 정도 기다렸다가 먹는 것이다. 굽자마자 바로 먹어야 뜨겁고 맛있을 것 같지만 신기하게도 쉬는 동안 겉 부분의 열이 안으로 스며들어 속 온도가 2~3도 더 상승하고, 열이 고르게 전달돼 더 부드러워지고 맛있어진다. 고기에게 주는 래스팅 시간을 나에게도 주고 싶다. 치열하게 바란 일이 있다면 당장에 성과가 보이지 않는다고 기죽지 말자. 세상은 자판기처럼 가치에 합당한 값을 지불한다고 해서 원하는 걸 바로 내어 주지 않는다는 걸 이젠 잘 안다. 그렇다고 끌려오지 않는 끈을 더 당기면 내 손만 아프고, 더 열을 내 봤자 혈압만 오른다.

나는 소중하다. 그러니 내가 나를 상처 줄 정도로 몰아세우진 말자. 열이 은은히 가득 퍼지기를 숨을 돌리고 가만히 기다려 본다. 내가 듣고 싶은 대답은 예상하지 못한 순간에 어떤 형태로든 돌아오게 되어 있으니 말이다.

07

오직 나를 위해 행복해지자

"잠깐만! 필터 바꾸고 한 번만 더 찍고 먹자!"

근사한 곳을 가거나 맛있는 것을 먹거나 그럴싸한 일이 생길 때마다 무조건 핸드폰을 들었다. 각도를 바꿔 가며 초점을 맞추고 분위기에 맞는 필터를 찾아 사진을 몇십 장씩 찍고, 집에 돌아가는 길에 사진을 고르기 시작한다. 카카오톡 프로필에 올릴 사진을 심혈을 기울여 고르고 티가 안 나게 적당히 보정하고 일정한 간격을 두고 신중히 바꾼다. 그리고 남아 있는 프로필 사진 저장 목록을 보며 흐뭇해한다. 누군가 내 카톡을 보고 '○○이는 잘 살고 있구나, 즐겁게 사는구나'라고 생각할 모습을 상상하니 우쭐해지고 오늘의 나들이가 만족스럽다. 사진만 보면 정말 행복하게 잘 살고 있는 것 같고, 예쁘게 박제되어 있는 프로필의 내가 진짜 나인 것 같다.

오랜만에 만난 지인에게 힘든 이야기를 하면 불행해 보이고, 못나 보일까 봐 최대한 잘된 일만 말하고 사소한 고민은 별거 아닌 척, 아무렇지 않은 척했다. 누군가를 만날 때면 머리부터 발

끝까지 열심히 치장한 노동의 피로 때문에 나오면서부터 지쳤고, 만난 지 한두 시간이 지나면 본모습이 들통날까 서둘러 집으로 돌아가기 바빴다. 나는 항상 누군가에게 보여 주기 위해 행복해야만 했다. 행복해 보이고 싶어서 눈에 바로 보이는 성과를 내려고 발악했다. 남에게 보이기 위해 행복해지는 것이 진정한 행복인 걸까? 집으로 돌아와 어두운 방에 누우면 크고 어두운 감정이 미친 듯이 덤벼 나를 더 비참하게 만들었다. 잠 못 드는 새벽, 체한 듯 일어나 토해 내듯 일기를 썼다.

이제 나를 위해 살게. 다른 누구도 아닌 나를 위해 살아 볼게. 지금까지 열심히 살아 낸 너를 실망시키지 않을게. 다시 이 일기장을 펼쳤을 때, 네가 이 편지를 읽고 과거의 나에게 고마워할 수 있게 내가 원하는 삶을 살 수 있도록 버텨 볼게.

이제 내 행복은 오직 나를 위한 행복이고 싶다. 오직 나를 위해 행복해시고 싶다.

08

사랑하고 싶지 않을 때 사랑하고 싶다

사랑을 하고 싶다.

둘은 싫고

혼자서도 충분히 즐겁고 행복할 때

사랑할 수밖에 없는 사람과

♪ ♪ ♬

끼리끼리 만난다더니 그 말이 정말 사실이었나? 당시 나이는 비밀로 하겠다. 그때는 왠지 누군가 옆에 있어야 할 것 같고 외롭기도 해서 연애를 한 적이 있다. 그렇게 만난 상대방도 나와 연애의 목적이 비슷했다. 하지만 상대방은 혼자 시간을 보내는 걸 견디지 못했고, 여자 친구가 자신의 일상에 같이 존재해야 하는 애정 넘치는 연애가 필수인 사람이었다. 헤어지면 분명 나를 금방 잊거나, 나를 잊으려고 재빨리 또 다른 연애를 시작해 외로움을 돌려 막을 사람이라는 걸 만나는 동안에도 금방 알 수 있었다. 실제로 그 사람은 나와 헤어지고 내 예상보다 더 빨리 다음 연애를 시작했다. 그 사람은 과연 '나'를 사랑한 걸까? 자신의 '여자 친구'라는 존재를 사랑할 걸까?

새로운 사랑을 하게 된다면 내 외로움을 메꾸려고, 혹은 '남자 친구'라는 명칭의 존재가 필요해서 하는 사랑은 이제 그만하고 싶다. 징글징글한 연애가 절대 하고 싶지 않을 때, 나는 나 혼자서도 행복하고 즐겁고 만족하는 삶을 살고 있을 때 다른 사람을 사랑하고 싶다.

온전하고 풍요로운 내 삶에 사랑이 굳이 필요 없다는 생각이 들 때, 강력한 좋은 감정이 들이닥쳐 거부할 이유가 전혀 없는 사랑할 수밖에 없는 사람과 사랑하고 싶다. 내 사람으로 내 것이 되는 것을 원하는 게 아니라 그대로 삶에 스며들어 서로의 삶에 남은 자국을 따뜻하게 쓰다듬어 주는 사랑을 하고 싶다.

앞뒤 분간하지 못하고 상대를 향해 달려들어도 넘어지는 것을 걱정하지 않아도 되는 그런 단단한 사람과 오로지 사랑만으로 사랑하고 싶다.

언젠가 사랑을 하게 된다면.

09

고맙다 자본의 맛, 자본의 힘이여

얼마 전 드디어 나라에서 주는 지원금과
원고료가 나왔다.

서 있기만 하다가 잠시 앉을 수 있는
간이 의자 하나를 준비해 둔 느낌이다.

하루도 쉬지 않고 일했던 몇 달...

캬오—

주말에 했던
과외는 당분간
쉬기로 했다.

덕분에 주말은
11시까지 꿀잠

짹짹

실컷 뒹굴어도 두 시...

조용—

주말이 이렇게 여유롭고 평화로웠구만...

소리 건반을
튕겨 소리를 낸다.

칼림바라는 악기도 샀다.
(할인가 19,800원!)

맑고
영롱해 :)

아침, 저녁 5분씩 칼림바를 치며
찌든 마음을 정화하고 있다.

고맙다. 자본의 맛. 자본의 힘이여...

나의 SNS나 출간된 책을 보고 최근 업데이트된 근황을 기대하는 사람이 있을지도 모르겠다. 여기서 놀라운 사실은 아직까지도 전보다 크게 나아진 것 없이 현상 유지를 근근이 하며 살고 있다는 것이다. 그래서 그런지 내 이야기에는 유난히 돈 이야기가 많고, 힘들다고 찡찡거리며 버텨야 한다는 내용이 많다.

　전에는 돈 이야기를 꺼내는 게 너무 부끄럽고 창피했다. '면접'이나 '그림 작업 의뢰 연락'처럼 돈 이야기를 꼭 꺼내야 하는 곳에서도 먼저 말을 꺼내지 못했다. 먼저 말을 꺼내면 돈만 밝히는 속물인 것 같고 구질구질해 보였다. 하지만 나는 월세를 내야 하는 자영업자이며, 언제 일이 들어올지 모르는 프리랜서다. 두 직업 다 내 노동력과 능력만큼 (혹은 그보다 적게) 돈을 번다. 고정 수입이 불안정하기에 돈 생각을 안 할 수가 없다. 여러 가지 상황으로 힘들지만 그래도 잘 견디자며 글을 쓰기 시작한 지가 벌써 반년 전이다. 개업 후 터진 코로나19로 위기도 이제 장기전이 되었다. 벼랑 끝까지 내몰리는 심정으로 언제까지 이렇게 버텨야 하나 싶어서 좌절하고 있을 때 꿀 같은 돈이 조금 들어왔다. 자영업 매출 외에 출판사에서 고료가 조금 들어왔고 그 시기와 맞물려 나라에서 주는 지원금도 받았다.

오버하는 것 같지만 입금 내역이 찍힌 통장을 보니 눈물이 핑 돌았다. 어떤 힘내라는 말보다 통장에 꽂힌 돈이 나를 감동시켰다. 가장 먼저 다 떨어져 가는 가게 물품부터 허겁지겁 샀다. 계속 미뤘던 엘이디등을 가게 화장실에 설치하는 호사도 누렸다. 일주일 중 하루라도 쉬어야겠다는 생각에 휴일에 했던 과외를 당분간 쉬기로 했다. 하루만 쉬는데도 지친 몸과 마음에 숨통이 트였다. 잠을 푹 자고 마스크 없이 시간을 보내니 계속 달고 살던 피부 트러블이 사라졌다. 6일간 치우지 않아 엉망인 방도 청소하고 옷가지도 정리했다. 짬이 나니 주변 사람들에게 안부도 묻고 잠깐 만나 수다를 떨 수 있는 여유도 생겼다.

그리고 큰맘 먹고 '칼림바'라는 악기를 하나 장만했다. 오르골처럼 청량한 소리가 나는 칼림바를 전부터 연주해 보고 싶었는데, 내 형편에 과분한 취미라고 생각하고 영상만 봤었다. 이제는 출근 후 5분과 퇴근하기 전 5분 동안 조용한 가게에 홀로 앉아 칼림바를 연주한다. 천천히 쇠 건반을 튕겨 소리를 낸다. 삶에 찌들어 더러웠던 내 마음을 씻겨 주는 것처럼 소리가 청량하고 아름답게 울린다.

동네 서점도 갔다. 한두 달에 한 번은 여러 신작과 특이한 독립 서적을 둘러보고 구입하기 시작했다. 다른 작가들의 책에서 새로운 생각을 얻고, 위로도 받고, 디자인과 구성에서 배울 점들을 찾았다. 어느 방송에서 돈으로 살 수 있는 건 '행복열차 티켓'이 아니라 '불행 방지권'이라고 했던 말이 떠오른다. 돈이 많아질수록 계속 행복할 것 같지만 일정 금액이 넘어가면 더 이상 삶의 만족도가 올라가지 않는다는 연구 결과도 있다. 지금 내 삶이 불행해서 이만큼의 돈으로도 행복을 느끼고 사는지도 모르지만 지금 들어온 약간의 돈으로 가치 있는 것들을 사고, 시간의 여유를 얻어서 정말 행복하다. 이 정도면 행복 열차에 탄 것 같다는 생각에 나 참 소박하네, 싶다가도 솔직하게 이야기하면 역시 '돈이 좋다'는 결론이다. 당연히 돈이 모든 걸 해결할 수 있는 절대적인 만능 키는 아니지만, 다른 가치들도 마찬가지다. 사랑, 우정, 지식, 교양, 신체, 정신 등 중요하게 여겨지는 것들도 딱 한 가지만으로는 지금 이 시대에서 행복해질 수 없다.

'돈이 좋다'는 말을 조금 수정해서 돈을 가치 있게 사용하면 충분히 행복하다고 말하고 싶다. 돈으로 얻은 여유는 세상을 바라보는 시각을 달라지게 만든다. 시간적 여유를 얻었고, 날마다 오르락내리락하는 매출에 일희일비하지 않게 되었다. 아직까지는 세상은 살 만하구나 하며 오랜만에 긍정적인 생각도 했다.

연구 결과의 지표를 살펴보니 삶의 만족도가 올라가지 않는 기점은 일인 가구 소득이 8천 800만 원이 되는 지점이었다. 소득 8천 800만 원이 되기 전까지는 삶의 만족도는 계속 올라간다. 그 결과를 나는 앞으로 계속 더 행복해질 수 있다는 뜻으로 받아들였다. 돈 많은 사람이 나보다 더 행복하다고 해서 내가 가진 행복이 없어지는 건 아니다. 어제 먹은 꿀호떡이 맛있어서 행복했고, 오늘 아침 악보 없이 끝까지 연주한 칼림바 연주에도 행복해질 수 있으니 가성비로는 갑 아닌가? 지금 나에게 주어진 이 행복감을 잊지 말아야겠다.

#10.

궤도를 변경합니다

지금 상황을 열심히 벗어나 보려 하는데

제자리만 빙빙 돌고 있는 것 같을 때.

'지금 나'와 '되고 싶은 나'의
차이가 너무 많이 나는 것처럼 느껴질 때.

어차피
난 안 될 거야
내 인생은
가망 없어
뭘 해도
저렇게
살지 못할 거야.

다 포기하면 편할 것 같지만

〈 내가 생각하는 마음대로 사는 삶 〉

원하면 바로 위아래 단계로
쉽게 옮겨 갈 수 있을 거라 생각함.

〈 현실 〉

내가 생각한 것 보다 밑바닥은 더 깊고
떨어지려면 끝없이 떨어진다.

한순간 에너지가 폭발해 지금과
비교할 수 없는 능력치로 고난을 이겨 내는 게
누구나 가능한 일은 아니기에,

나는 나만 아는 은밀한 궤도 변경을 시도한다.

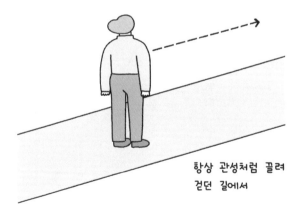

항상 관성처럼 끌려
걷던 길에서

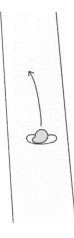

나만 알 정도로
방향을
아주 약간만
틀어 준다.

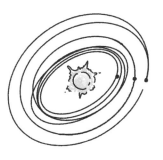

그렇게 방향을 조금씩 튼 궤도는
시간이 지날수록 중심(목표)과
가까운 곳에 자리 잡게 된다.

출간 제안이 들어왔다. 그것도 여러 군데에서. 그림과 글을 같이 작업한 지 6개월 만에 일어난 일이었다. 인터넷에 정기적으로 날짜를 정해 두고 그림과 글을 올리긴 했지만, 그건 나와의 약속이었고 규칙적으로 살기 위해 시작한 개인적인 도전이었다. 분량이 쌓이면 기념으로 독립출판이라도 해 볼까 싶었다. '어쩌면 출판사에서 내 책을 낼 수도 있지 않을까?'라는 생각도 했었지만 출간에 대한 계획, 심지어 출간 제안은 막연했고 나와는 먼 이야기 같았다.

예전 그림 스타일로 작업하면서 제품도 냈었고 잡지 표지까지 작업해 봤지만, 내 소원은 정식으로 출간한 책에 내 이름과 그림이 실리는 거였다. 내 기준에는 책을 출간하는 경험은 실력 있는 일러스트레이터로 인정받는 거였다. 나와 비슷한 시기에 활동을 시작한 일러스트레이터들이 어느 순간 하나둘씩 책 표지 작업을 하게 되었다는 소식을 SNS로 접하고, 서점 매대에서도 알던 작가님들의 그림이 표지로 실리는 걸 볼 때면 미치도록 부러웠다. 그래서 나도 책 표지나 삽화 의뢰를 받고 싶어 대중적인 그림 스타일로 변경해서 그림을 그리기도 하고, 더 화려하고, 거창하고, 세밀한 그림도 잔뜩 그렸지만 결국 제안은 받지 못했다.

　그래서 처음 출간 제안이 왔을 때도, 미팅을 할 때도, 꿈을 꾸고 있는 것 같았다. 책 표지 그림을 그려 보는 게 소원이었던 내가 저자라니! 하지만 기쁜 만큼 무서웠다. 내 인생에 이렇게 좋은 날이 온 적이 없었는데, 혹시 나에게 더 큰 불행을 주려고 행운을 먼저 던져 준 건 아닐까 의심됐다. 내가 너무 좋아하는 티를 내면 신이 눈치 채고 모든 걸 뺏을 것 같았다. 실패가 익숙한 나는 다가온 행복이 좋으면서도 행복감을 느끼고 있는 모습이 어쩐지 어색하고 불안하다. 이 행복을 온전히 누려도 되나 싶다. 우중충한 생각에서 벗어나고 싶지만 나에게는 그럴 힘이 없는 것처럼 느껴진다.

　어떤 상태가 오랜 시간 계속되다 보면 생각과 행동이 습관처럼 같은 자리를 맴돈다. 오랜만에 쉬는 날 놀러 가려고 지하철을 타려다 습관적으로 회사 방향의 개찰구로 들어가서야 잘못 들어갔다는 걸 깨닫는 것처럼 말이다. 제자리만 뱅뱅 돌고 있는 나를 누군가 확 밀어주거나 옳은 방향으로 계속 이끌어 주길 바란 적이 있다. 해결하고 싶어도 해결책이 없고, 나를 도와줄 사람도 없고, 나는 아무리 노력해도 변하지 않으니 다 놓아 버리고 되는대로 살아도 뭐 어떻게든 되겠지 싶었다. 그런데 정말 다 놔 버리면 어떻게든 되긴 된다. 대신 아주 엉망진창이 된다.

어느 히어로 영화처럼 내 몸에 숨어 있던 에너지나 재능이 절체절명의 순간에 폭발하듯 튀어나와 위기를 극복할 거라 생각했다. 하지만 그건 어디까지나 영화 속 이야기다. 나를 객관적으로 돌아봐야 한다. 나는 나만 아는 은밀하고도 미세한 궤도 변경을 시도했다. 관성처럼 걷던 길에서 아주 약간 조금씩 방향을 틀어 본다. '5분 일찍 일어나기' '밥 먹고 바로 설거지하기' '일어난 후와 자기 전에 스트레칭하기' 같은 생활적인 부분도 있고, 그림에 관한 부분도 있다. 한 달에 2~3회 마감 날짜를 정해 두고 그림을 그리기 시작했고, 계속 그림을 올렸던 곳은 긴 글을 쓰지 못하는 구성이라 그림 한 장에 스토리를 가득 채우려고 시간을 더 들였다. 또 다른 곳에는 내가 하고 싶은 이야기를 글로 쓰고 가벼운 그림과 함께 올리기 시작했다. 관심 있게 보지 않으면 잘 모르는, 나만 겨우 알 정도로 미세하게 궤도를 튼 것이다.

다른 사람이 모를 정도의 미세한 변화라서 바로 좋은 결과가 나오지 않아도 부담이 적다. 거창하진 않아도 꾸준히 할 수 있는 방향으로 목표를 바꾸니 스트레스보다는 성취감이 생긴다. 궤도를 바꾸고 있는 나를 인정하고 받아들이는 중이다. 바뀐 궤도를 따라 주변의 온도와 풍경도 조금씩 달라진다. 달라지는 것들이 내가 원하는 방향으로 가는 과정의 달라짐이라면 두려워하지 말자. 다른 사람과 비교하지 말고 내 궤도에만 집중해 길을 잘 만들어 가면 된다. 내핵처럼 뜨겁게 타오르고 있는 목표점을 향해 끊임없이 방향을 틀어 보는 거다. 가끔 목표가 너무 멀어서 이렇게 가는 게 맞나 싶은 순간이 온다면 걷는 법을 의심하지 않고 첫걸음마를 뗐던 것처럼 그냥 발을 내디더 걸어 보자. 나는 천천히, 하지만 분명히 목표 지점을 향해 궤도를 변경하며 나아 가고 있다. 은밀하게 달라지고 있다.

멀리 있어 보이지 않을 뿐인 목표를
의심하지 않고 계속 나아간다.

나는 천천히, 하지만 분명히 목표 지점 근처로
궤도를 변경하며 나아가고 있다.

11

빗속의 사람을 그려 보세요

티브이 채널을 돌리다 우연히
연예인들이 그림 심리검사를 하는 걸 봤다.

다른 사람들은 어떻게 그렸을지 궁금해졌다.

〈빗속의 사람〉빗속에 서 있는 사람을 그리게 하여 자아 강도와 스트레스 대처능력 수준을 확인하는 투사적 그림검사. *비는 스트레스, 비를 막아 내는 도구는 스트레스 방어력을 뜻한다.

전에 내가 그린 그림
(우산은커녕 옷도 안 그렸음)

왜 난 당연하게 비를
맨몸으로 견뎌야 한다고 생각했지?

그래, 비가 내린다고
다 맞을 필요는 없잖아?

보이지 않는 무언가를 알아낼 수 있다는 건 참 신기하고 재밌는 일이다. 다른 사람의 심리나 성격을 알고 싶어 하는 건 만국 공통의 관심사일까? 근래에 성격유형검사 MBTI가 큰 인기였다. 이런 심리검사를 맹신하는 것은 아니지만 흥미로운 건 어쩔 수 없다. 정확하지 않아서 신빙성이 없다는 주장도 있지만 나는 다른 사람을 이해하는 데 도움이 많이 됐다.

인터넷에서 떠돌아다니는 그림 검사 중 '빗속의 사람' 테스트가 흥미로워 가볍게 그려 본 적이 있다. 그땐 다른 사람들이 어떻게 그렸는지 확인을 못 하니 비가 스트레스를 뜻한다는 것만 알고 '내가 비를 많이 맞고 있으니 스트레스가 많구나' 하고 넘겼다. 그러고 1년 뒤, 우연히 텔레비전에서 '빗속의 사람' 심리검사를 보게 되었다. 출연한 연예인들이 그린 그림을 해석하고 있길래 유심히 보니 사람마다 그림이 다 달랐다. 우산을 쓰고 장화를 신고 있거나, 어딘가에 들어가서 비를 피하고 있었다. 표정과 풍경도 제각각이었다. 한 연예인의 그림에는 사람이 건물에 들어가 비를 피하면서 웃고 있었다. 나의 그림 속 사람은 폭우를 흠뻑 맞으며 쓰러져 웅크리고 있는데, 저 사람은 건물 안에서 웃고 있다니! 순간 머리가 띵했다. 아, 스트레스를 이런 식으로도 막을 수 있구나.

다른 그림과 비교하니 생각 없이 막 그린 그림이 지금의 나를 잘 나타내고 있었다. 용감하게, 어쩌면 무식하게 문제를 피하지 않고 그대로 다 감당하는 것이 고난을 이겨 낸 승자가 되는 거라고 스스로를 밀어붙였었다. 맨몸으로 감당하지 않았다고, 폭우를 견디지 못했다고 해서 내가 나약하거나 부족한 사람인 걸까? 다시 그림을 그렸다. 항상 가지고 다니는 가방에서 작은 우산을 꺼내 펼쳐 들고 비를 바라보는 모습으로, 풀냄새를 맡으며 물웅덩이에 서 있는 나를 그렸다. 의미를 알고 그렸으니 반칙 같지만 폭우처럼 쏟아지는 감정들이 나를 덮쳐올 때 이 그림을 떠올리고 싶다.

힘이 들면 다 감당하지 않아도 괜찮아. 비가 오면 가방에 넣어 둔 작은 우산을 펼치면 돼. 비를 피해 처마 밑에 들어가 숨을 돌리고 비가 그치길 기다려도 괜찮아. 힘이 들 때면 이 그림을 기억해.

#12.

누구보다 나는 나를 더 사랑해야 해

자존감이 낮았던 내가
요즘은 좀 더 나를 사랑하게 되었는데

그동안 반복적으로 생각하고 사용했던 방법이 있다.

우선 내가 나를 싫어하는 이유에 대해
구체적으로 생각하고 정리해 본다.

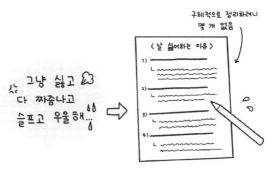

구체적으로 정리하려니
몇 개 없음

그냥 싫고
다 짜증나고
슬프고 우울해...

〈 날 싫어하는 이유 〉

마음속에서는 '사실'보단 불분명한 '감정'이
나를 막연히 미워하게 만들었는데,

정리해 적어 나가면 이성적, 객관적으로
항목을 분류하고 판단하게 된다.

항목별로 정리된 '내가 싫은 이유'에 대한
'원인'과 '해결방안'을 써 본다.

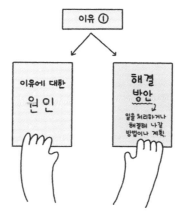

이유 ①

이유에 대한
원인

해결
방안
일을 처리하거나
해결해 나갈
방법이나 계획.

'원인'을 찾을 땐 무조건 나를 탓하는 게 아니라

'세상'과 '외부'에서 원인을 먼저 찾는다.
스스로 자책, 비하가 심했기에
생각만이라도 좀 뻔뻔해져 본다.

예) 싫은 이유 - 뚱뚱하고 못생겼고 무뚝뚝함

• 난 왜이럴까 (자책)

• 내가 과거에 ~~만 잘 겪었어도... (과거회상)

• 난 평생 이 상황에서 벗어나지 못 할거야. 이게 내 팔자야.

(벌어지지도 않은 미래에 대해 부정적인 결론을 상상하고 확정 짓기)

NO!

내 `잘못` 아님

사회적 기준이 잘못된 것.

올바른 원인을 찾으면, 올바른 해결 방안이 나온다.

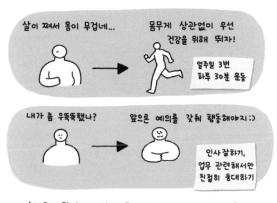

'다른 사람 눈에 보기 좋은' 44 사이즈 되기 (X)

'남자들이 좋아하는' 애교스킬 찾아보기 (X)

바른 방향으로 나아가고 있다는 생각이 분명하니

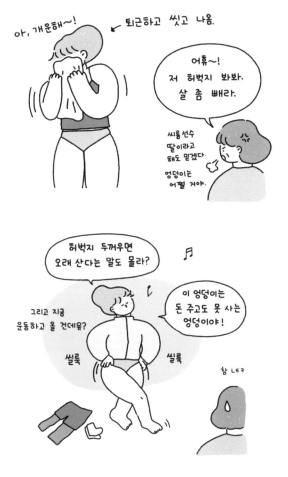

나를 향한 화살표는 더 이상 나를 상처 내지 못한다.

어디 보자… 루저! 그래 루저가 딱이다! 과거의 나를 한마디로 표현하자면 '루저'다. 루저의 뜻은 '말이나 행동, 외모가 볼품없고 능력과 재력도 부족하여 어디를 가든 대접받지 못하는 사람'이다. 예전에는 스스로를 루저라고 생각했다고 과거형으로 쓰려다가 '능력과 재력도 부족하여'를 읽고 움찔한 걸 보니 아직도 약한 마음을 다 벗어나지는 못했나 보다.

어린 시절에는 상처를 받아도 상처를 준 사람에게 제대로 대응을 못 했었다. 맞받아칠 적절한 근거를 찾을 만큼의 경험과 지식이 없고 대응할 힘도 없으니, 상처를 준 사람으로부터 나를 지키는 게 아니라 그 사람 편에 서서 합세해 나도 나를 괴롭히는 데 동참했다. 문제의 원인과 미워할 대상을 나로 정하는 게 그 상황에서는 제일 쉬운 방법이어서 항상 나에게 상처를 줬다. 나는 유일하게 내가 마음대로 할 수 있는 대상이니까.

나를 자주 탓하고 미워하면 그렇게 만든 문제나 상황이 해소된 뒤에도 낮아진 자존감은 그 자리에 그대로 남는다. 그러니 문제가 없어도 스스로 부족한 인간이라고 생각해서 사람들의 눈치를 보고, 기가 죽고, 사람들에게 받아들여지지 못할 것 같은 두려움에 먼저 다가가지도 못한다. 자존감이 낮아진 상태로 또 다른 외부 문제나 공격에 맞닥뜨리면 문제를 제대로 인지하기도 전에 '무조건 반사 반응'처럼 습관이 된 자책이 시작되고, 부정적인 감정이 모아진다. 그렇게 커진 부정적인 감정은 문제를 제대로 판단하지 못하게 만들고 내 눈을 왜곡시켰다. 결국 나에 대한 나의 평가는 중요하지 않고 내가 인정한 사람이나 바라는 대상이 인정해 주는지가 더 중요해졌다. 그들이 인정해 주고 칭찬해 주지 않으면 내가 아무리 원하는 걸 얻고, 이루어 내도 만족이 되지 않았다. 점점 외부의 시각과 판단이 나의 전부이고 절대적인 것처럼 사고가 굳어졌다.

그러다 몇 년 전, 30대가 되고 나로 잘 살고 싶다는 생각이 드니 내가 부풀린 감정에 허우적거리는 시간이 아까워졌다. 잘 살아 보고 싶어서 아무리 활발한 사람인 척해도 마음 깊숙한 곳에 있는 낮은 자존감이 자꾸 내 발목을 잡았다. 그래서 생각만으로는 정리가 안 되는 고민들을 글로 정리하기 시작했다. 적고, 항목으로 나누다 보면 쓸데없이 사이사이 껴 있는 지저분한 걱정이나 우울, 한탄, 과거의 기억 같은 찌꺼기들이 정리됐다.

습관적으로 결론 짓는 원인과 해결 방안을 다시 한 번 생각해 봤다. 자책과 자기 비하가 심했기에 생각만이라도 뻔뻔하게 했다. 예를 들어 '회사 생활을 단 한 번도 오래 하지 못한 것'에 대한 원인을 '무능하고 끈기 없는 부족한 나'라고 생각했다면, 다시 한번 외부 요인은 없었는지 생각했다. '다들 겪는 취업난' '박봉에 노동 착취가 심한 디자인 회사' '직장 상사의 성희롱' '임금 지불에 대한 입장 차이' '정식 계약서 작성 안 하고 일 시킴' 등이 있었다. 생각한 것보다 내 잘못이 아닌 다른 원인도 많았다. 다른 몇 회사에서 실력을 인정받았던 기억들도 하나둘 꺼내 보니 내가 바닥까지 무능한 사람은 아니라는 결론이 나왔다. 이렇게 하나하나 정리해 보니 나는 생각보다 문제가 없는 사람이었다.

외형적인 부분에서 과체중인 것은 사실이니 인정한다. 하지만 내가 못생겼고 살갑지 못한가는 절대적인 기준이 없어 판단이 모호했다. 타인에게 호감을 사기 위해 억지로 내 성격과 행동을 꾸미고 몸을 평가하는 것은 명백한 잘못이고 오류다. 이제 내가 고쳐야 할 부분이 명확히 보인다. 건강한 몸을 위해 운동을 꾸준히 생활화해야 하고 근육과 힘을 키워야 한다. 살갑지 못하고 애교가 없는 성격은 서비스업에서 필요한 정도의 친절만 제공하기로 타협했다. 손님이 오고 갈 때 의무적이 아닌 진심을 담은 인사는 빼먹지 않을 것이다. 불특정 이성에게 잘 보이기 위해 마음이 동하지 않는 억지 웃음, 억지 친절, 억지 공손은 그만두기로 했다.

　내 안에 기준이 생기고 해결을 위한 방법과 계획이 잡히니 내 마음에 상처를 내려는 것들이 이제 통하지 않는다. 상처를 주려는 말과 조언이 구분되니 더 이상 쓸모없는 헛소리를 마음에 두지 않는다. 이제는 알고 있다. 나를 사랑하지 않고 미워하는 것만큼 자신을 초라하게 만드는 게 없다는 것을.

　습관처럼 나를 미워하고 질책하는 것 대신 나를 사랑하는 연습을 의식적으로 하고 있다. 반복해서 나를 칭찬하고, 보호하고, 고치기 위해 노력한다. 사랑하는 것도 연습을 해야 하고 습관을 들이고 노력해야 한다. 이 노력이 결국엔 그 누구보다 내가 나를 제일 사랑하게 만들어 줄 것이다.

#13.

한 발자국을 더 뛰게 하는 힘

몇 달을 끌끌거리고 체중만 불리다가

← 달리기 어플을
우연히 알게 되었는데

이어폰을 끼고 달리면 뛰는 중에
음성으로 뛰는 시간과 응원 멘트,
달리기 정보를 들려준다.

이 어플에서 하는
'8주간 30분 달리기'에
도전을 하게 되었다.

24회에 걸쳐 달리는 시간을 점점 늘려 가는 챌린지 인데
1회 차에서는 1분을 뛰고, 2분 걷기를 5번 반복한다.

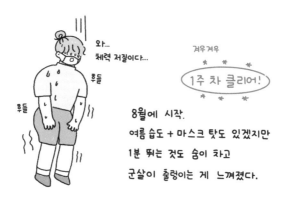

와...
체력 저질이다...

후들

후들

겨우겨우
1주 차 클리어!

8월에 시작.
여름 습도 + 마스크 탓도 있겠지만
1분 뛰는 것도 숨이 차고
군살이 출렁이는 게 느껴졌다.

2분 달리기 주간

진짜 못났다...
이것도 x 힘들어!!
괜히 시작했나;;

라고 생각하자마자,

헉   헉

할 수 있습니다! 힘내세요!
뛰고 있지 않았다면 이 시간
집에 있을 당신을 상상해 보세요.

충분히 잘하고 있습니다.
끝까지 최선을 다하세요!

3주 차 클리어!

5분 달리기 주간

비실

비실

여기 뛰는 사람 중에 내가 제일 느리잖아. 더 빨리 뛰어야 하나?

라고 생각하자마자,

다른 사람이 앞서 갔다고 조급해하지 않으셔도 됩니다. 😊 더 빠르게 달리기보다 안정적으로 달리는 게 중요합니다.

속도를 유지하세요!!

6주 차 클리어!

Yes, Sir!!!
예 썰!!!!

대박...
무슨 생각을 할지
귀신같이 알고
적절한 타이밍에
녹음해 뒀잖아?!

그렇게 8주 뒤...

음성 트레이너와 함께 달리고 달려 성공!!
이런 응원! 이런 칭찬!!
살면서 힘든 순간마다 듣고 싶다.

달리기를 시작하게 된 건 우연히도 뛰기 좋은 조건이 한꺼번에 갖춰져서였다. 몇 달 동안 계속되던 태풍과 장마가 조금 누그러질 때쯤 별생각 없이 추천 상품으로 나온 저가 무선 이어폰을 샀다. 그때쯤 우연히 달리기 어플을 발견했고, 더위와 장마로 실내에만 있었기 때문에 한 번쯤은 미칠 듯이 헉헉거리며 뛰고 싶다는 충동이 들었다. 그렇게 홀린 듯 주말에 집 근처 공원 운동장에 나가 어플을 깔고 이어폰을 끼고 뛰었다.

　상상 속의 나는 높이 묶은 머리를 휘날리며 멋지게 땅을 박차고 팔도 힘껏 휘두르며 경쾌하게 뛰는 모습이었다. 하지만 현실은 얼굴과 목은 땀범벅이었고 머리는 뛸 때마다 좌우로 흔들리며 내려와 엄청 거슬렸다. 슬로모션이 걸린 것처럼 느리게 뛰는데 그마저도 발목이 욱신거리며 아팠다. 더위와 습기 때문에 숨이 차서 쓰고 있는 마스크를 당장이라도 땅바닥에 벗어 던져 버리고 싶었다. 살은 땅을 구르는 박자에 맞춰 격렬히 흔들리며 자신의 존재를 알렸다. 헉헉대는 내 몸뚱이에 놀라 포기하려는 찰나 이어폰에서 트레이너의 목소리가 흘러나왔다.

"처음 뛰는 첫 시간이 제일 힘들 겁니다. 달리기를 시작한 여러분, 정말 멋있습니다. 충분히 잘하고 있습니다. 조금만 더, 아주 조금만 더 힘내세요!"

'내가 이 1분도 못 뛰다니!' 하는 열받음이 추가된 오기와 트레이너의 응원을 들으며 뛰니 혼자가 아니라는 생각에 자신감이 생겼다. 그 후로 미리 발목 스트레칭을 하고 옷도 편한 운동복으로 갖춰 입고 뛰기 시작했다. 1, 2주 차에는 땀이 너무 많이 나 눈을 뜰 수 없을 정도였다. 중간중간 손목에 묶은 손수건으로 땀을 닦으며 뛰었고, 비가 오는 날은 방수팩에 핸드폰을 넣고 비 오는 운동장을 뛰었다. 뛸 때마다 단 한 번도 쉽지 않았고 매번 힘들었다. 그런데 이것도 못 참으면 포기한 내가 싫어질 거 같았다. 그래서 걷는 것보다 느리더라도 뛰는 걸 멈추지 않고 어지러울 땐 눈을 감고, 그만두고 싶을 땐 어금니를 악물고, 포기하고 싶을 땐 손에 손톱자국이 생기도록 주먹을 쥐고 끝까지 뛰었다.

내 모습이 흉하지 않을까 걱정됐지만 귀신 같은 이어폰 트레이너는 "주변 사람들의 시선은 신경 쓰지 마세요. 자기 자신에게만 집중하세요."라며 나를 다독여 주었다. 그렇게 일주일에 3회씩, 8주 차를 완수하고 2회를 더 뛰어서 총 26회 차에 '쉬지 않고 30분 달리기'를 성공했다. 카운트다운 소리가 들리고 완료되었다는 음성을 들을 때의 쾌감이란, 정말 짜릿했다. 나에게 30분 달리기는 단순한 운동의 의미가 아니었다. 계속 나아지지 않은 내 현실을 달리기를 통해 한 번 넘어 보는 시도였다.

뛰는 동안은 너무 힘들어서 이런저런 잡생각이 들지 않아 좋았다. 몸에서 열이 오르면서 땀이 나면 신기하게 눈앞 시야가 굉장히 뚜렷해지고 선명해져서 뇌가 맑아졌다. 뛰는 동안 트레이너가 할 수 있다고 응원해 줘서 정말 고마웠다. 인생에 지친 나를 다독여 주는 것 같아서 뛰면서 코끝이 찡해져 훌쩍이며 달렸다.

"힘드시죠? 지금까지 달렸던 수많은 시간을 생각해 보세요. 너무 잘해 왔습니다. 자, 모든 트레이닝을 마친 모습을 상상해 절대 무리해서는 안 됩니다.
자신의 몸에 무리가 가지 않는 속도를 찾아보세요.
자신에게 맞는 속도로 끝까지 달려 봅시다!

포기하고 싶은 마음과
싸워 이겨야 합니다.
여기서 포기하시면 안 됩니다!

할 수 있습니다.

달리기를 멈추지 마세요.

지금 달리며 부는 바람을
느끼며 거침없이 달려 보세요.

지금 달리고 있는
여러분을 상상해 보세요.
정말 멋지고 건강해 보이지 않나요?

보세요. 너무 뿌듯하지 않습니까? 포기하고 싶은 마음과 싸워서 이겨야 합니다. 여기서 포기하시면 안 됩니다! 할 수 있습니다! 여러분이 정말 자랑스럽습니다. 도전은 소중한 것이고 실패는 여러분을 더욱 강하게 할 것입니다."

누구도 해 주지 않은 격려와 칭찬을 들으니 정말 힘이 났다. 포기하고 싶다가도 절반을 뛰었으니 끝까지 포기하지 말라고 말해주니 남은 절반을 못 뛰겠나 싶어 또 한 발을 더 내디뎠다. 기억 속 나는 항상 어딘가 부족한 아이였고, 부모님은 내가 좋아하는 것들에 대해서 칭찬하기보다는 포기하라는 말을 더 많이 했었다. 내가 이렇게 칭찬과 응원을 좋아하고 말 한마디에 달라질 수 있는 사람인지 이제서야 알았다.

포기하고 싶은 순간, 한 발자국을 더 나아가게 하는 건 사실 별거 없다. 칭찬과 응원만으로도 충분히 뛸 힘이 난다.

지지 않습니다, 무너지지 않습니다

그래, 지지 말자!
무너지지 말자!!

색 바랜 잉크와 나뭇잎이 만들어 낸 긍정 파워!

인생의 실타래

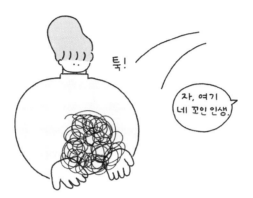

난 왜 이렇게 되는 게 없을까?

다른 사람들은 잘만 사는데

난 지금 뭐 하는 걸까...

막막한 생각이 들지만

꼬인 걸 풀고 풀다 보니
풀어내기 만렙이 되어 간다.

+인내심, + 끈기, + 집중력이 향상되었습니다.

삶이란 긴 끈을 '더 잘 다루는 사람'이
되어 가는 과정이라고 생각하자.

다른 사람들처럼 살지 않아도 난 충분히 멋있다.
잘 살아 내고 있다.

나에겐 징크스가 있다. 그건 바로 중대사가 확정되기 전에 여기저기에 발설하면 잘 안 풀린다는 것이다. '설레발치고 자랑하면 오히려 재수가 없어진다'는 믿음에서 나온 징크스다. 확정되었다고 생각했던 일이 엎어지거나 하려던 일이 잘 안 된 경우가 한두 번이 아니었다. 안 풀리는 것이 당연하다 보니 한 번에 잘되면 '이번에는 참 운이 좋았다'라고 생각했다. 운까지 좋아야 하는 일인지 모르겠지만, 내가 하는 일은 항상 겨우겨우 풀리니 그렇게 생각하며 살고 있었다.

인생이 착착 풀리는 사람이 얼마나 있겠냐마는 다른 사람들은 나보다 순탄하게 잘 사는 것처럼 보였다. 자기중심적인 생각이지만 남의 고통보다는 내가 느끼는 시련이 더 서글프고 아픈 법이다. 어렸을 때는 쉼 없이 싸우는 부모님 때문에 인명 피해가 생기지 않을까 밤마다 가슴을 졸이며 살았다. 집안의 반대와 형편 때문에 그림을 제대로 배우지 못했고, 늦게나마 조르고 졸라 필사적으로 치렀던 대학 실기는 죄다 떨어졌다. 재수를 해서 대학에 들어갔는데 졸업 후에는 회사를 3개월 이상 다닌 적이 없었으며, 자영업도 결국 2년 만에 접었다. 그림으로 먹고살려고 마음먹으니 일이 잘 들어오지 않았고, 원고료 미납 문제와 누군가가 내 작품을 표절해 법률상담을 한 적도 있었다. 계약한 회사 중 상당수가 작은 신생 회사라 프로젝트가 몇 번씩 엎어져 무산되거나 회사가 없어지기도 했다. 사회에 나온 지 시간이 꽤 지났는데 내가 뭘 했나 싶었다. 나이가 한두 살 늘어가니 무언가를 새로 시작하기도, 잘 안 되는 일을 계속 배짱 있게 이어가기도 애매해 어떤 길이 맞는 건지 도통 답을 찾지 못했다. 그래서 내가 이 세상이 필요로 하지 않는 별 볼 일 없는 존재처럼 느껴졌다. 그러나 아이러니하게도 실패의 경험 덕에 잔기술 몇 가지가 생겼다. 힘들었던 순간에 자잘한 기술들이 내 삶을 굴러가게 해 줬다.

재수를 하면서 꾸준히 아르바이트로 했던 페이스페인팅 기술이 첫 가게를 오픈할 때 주력 이벤트가 되어 쏠쏠한 돈벌이가 되어 주었고, 자영업의 경험이 다음 가게를 차릴 때 어떤 방식이 맞는지 판단하는 도움이 되었다. 독학을 주로 했던 경험 덕에 퇴사하고 혼자 공부하면서 포토샵 자격증을 땄고, 포토샵으로 그린 그림이 알려지며 일러스트레이터가 되었다. 백수일 때는 포토샵 과외를 해 생활비를 벌었다. 여러 회사와의 크고 작은 사건들로 인해 계약과 관련한 기본 법률 지식이 생겼고, 이제는 어떻게 무료 변호와 법률상담을 요청할 수 있는지 알게 되었으며, 계약서도 정독하고 차분히 진행한다.

만약 그리 어렵지 않게 대학에 들어가고, 취직하고, 어려움 없이 안정적인 삶을 살았다면 언젠가 겪게 될 문제 상황들을 감당하기 어려웠을 것이다. 그리고 나와 비슷한 감정과 고난을 겪고 있는 사람과의 대화에서 공감하지 못하고 아픔을 나누지 못했을 것이다. 물론 과거의 일들이 지금 도움이 된다고 해도 다시는 겪고 싶지 않지만, 그 경험들이 어이없게도 이로운 쪽으로 남아 잘 활용되고 있다. 당시에는 내 인생에서 몽땅 도려내고 싶은 시간들이었는데 필요 없는 순간들은 아니었나 보다.

그러니 지금 내가 가는 길이 다른 사람이 보기에는 쓸모없는 짓처럼 보일지라도 내 삶을 하찮게 취급하고 싶지 않다. 모든 과정은 앞으로의 삶을 더 잘 다루기 위한 단계이자 미래의 나를 더 잘되게 해 줄 과거의 경험이 될 것이다. 난 충분히 멋진 삶을 살아 내고 있다. 잘 살아 내고 있다.

lets me live
my life.

살 만한 것 같다가도
아닌 것 같은

초판 1쇄   2021년 5월 4일

지은이   삼각커피

발행인   유철상
기획   남영란
책임편집   정예슬
편집   박다정, 정유진
디자인   주인지, 조연경, 노세희
마케팅   조종삼, 윤소담

펴낸곳   상상출판
출판등록   2009년 9월 22일(제305-2010-02호)
주소   서울특별시 성동구 뚝섬로17가길 48 성수에이원센터 1205호
전화   02-963-9891
팩스   02-963-9892
전자우편   sangsang9892@gmail.com
홈페이지   www.esangsang.co.kr
블로그   blog.naver.com/sangsang_pub
인쇄   다라니
종이   ㈜월드페이퍼

ISBN 979-11-90938-64-8 (03810)
© 2021 삼각커피